CHAMANE HYESU
ET SON ANGE HAESU

Lim Jeong-yeon

CHAMANE HYESU ET SON ANGE HAESU

roman

Traduit du coréen
par E. J. Lee et Anne Berthellemy

Matin Calme

Graphisme : Barbario
Illustration de couverture : © Silkidoodle
Création de maquette et mise en pages : Soft Office

Titre original : 혜수, 해수 1 (*Hyesu, Haesu 1*)

ISBN 978-2-493-38626-7

www.matincalme-editions.com

1 2 3 4 5 6 7 8 9 10 11 12 13 14 15

Le 16 septembre
*Haesu**

Face au miroir, il époussette son costume noir. Il se chausse et sort sur le boulevard. Il peut sentir la fraîcheur du matin. La pelouse du jardin est encore verte. Il se dirige vers l'arrêt de bus.

Sur la route qui mène au parc, il salue un vieux monsieur qui promène son chien. Scène ordinaire. L'animal s'arrête régulièrement pour renifler ici et là les messages laissés par ses congénères pendant que son maître s'étire. Lui poursuit sa marche. Quelques nuages traversent le ciel et un souffle léger caresse son visage. Il monte dans le bus et regarde par la fenêtre. Il s'arrête au niveau de la station de métro.

En haut de l'escalier, recroquevillée sur les marches, une vieille femme nourrit des pigeons. Les volatiles se massent autour d'elle. Elle se relève et va s'asseoir sur un

* Retrouvez tous les personnages dans le glossaire placé en fin d'ouvrage.

banc. Elle regarde avec satisfaction les oiseaux picorer en roucoulant. Il croise son regard et lui adresse un léger signe de tête.

Dans les couloirs du métro, les gens courent pour ne pas être en retard. Il attend sur le quai. Un rayon de soleil perce le plafond vitré. C'est un jour comme les autres. Certains sont le nez sur l'écran de leur téléphone, d'autres attendent la rame, écouteurs sur les oreilles. Lui consulte les infos sur son portable, debout le long du mur.

Un nouveau virus très contagieux est apparu en Chine. Le nombre de victimes ne cesse d'augmenter et le gouvernement est mobilisé. Les autorités sanitaires ont enjoint aux citoyens revenant de Chine de signaler tout accès de fièvre ou symptôme respiratoire. L'épidémie se propage dans le monde malgré les actions de prévention. Les mêmes autorités conseillent également de bien se laver les mains, de tousser dans son coude et de porter un masque.

— Eh bien, je vais en avoir du boulot, moi… soupire-t-il.

Au début de l'automne, le rythme s'accélère toujours mais là, avec ce nouveau virus, ça promet !

Le métro arrive. Il range son téléphone dans sa poche et monte dans la voiture de queue. La rame redémarre. Debout, accroché à une poignée, il observe le paysage. Des entrepôts et des bâtiments qui se ressemblent tous, des quartiers d'habitations qui se succèdent…

À l'approche des immeubles, le métro ralentit. De grands oiseaux volent en cercle au-dessus d'une rivière aux eaux bleutées. Au gré du vent, l'herbe ondule le long des berges. Quelqu'un est là, qui attend, ses vêtements flottant telles les voiles d'un bateau. Le métro accélère à nouveau et la rivière disparaît petit à petit. Il sort à la station Sichung et se mêle à la foule.

Avant de monter à son bureau, il s'arrête pour prendre un café en bas.

— Qu'est-ce que je vous sers ? lui demande le serveur derrière son comptoir.

— Un café, s'il vous plaît.

Il tend sa carte bleue pour payer puis s'installe sur une banquette. Quelques clients sont assis en salle et il les entend discuter et plaisanter. La musique d'ambiance l'apaise, l'éclairage est agréable et il fait bon. Il s'enfonce un peu plus dans la banquette en fermant les yeux. Le bruit de la circulation s'éloigne et il se détend. Si éphémère soit-il, il profite de ce moment de calme. Son café est prêt, servi dans une jolie tasse ornée d'un motif floral. Il boit une gorgée, consulte sa montre et s'en va.

Son bureau est au quatrième étage. À la sortie de l'ascenseur, ses pas résonnent dans le couloir. Il ouvre son bureau, allume son ordinateur et commence à consulter ses e-mails. *Bon, quoi de neuf aujourd'hui, niveau boulot ?* Il termine son café en lisant ses messages.

Son collègue Mun-kyu est à l'imprimante et se retourne sur son passage. La machine fait un bruit infernal.

— Tu gaspilles encore du papier ?

— Je préfère faire comme ça, répond-il en rangeant ses feuilles.

— Combien de cas aujourd'hui ?

— Trois.

— Moi, cinq, et pas des moindres ! Ils en valent bien dix ! Crois-moi, ça va pas être du gâteau.

Mun-kyu laisse échapper un léger soupir en posant sa tasse de thé.

— T'y vas maintenant ? lui demande ce dernier.

— Eh oui. Allez, bon courage.

Il salue son collègue d'un signe de la main, réunit ses affaires et quitte le bureau pour reprendre le métro.

En sortant de sa station de destination, il traverse la rue et se retrouve devant l'hôpital. Les voitures circulent à toute vitesse et les piétons ont tendance à presser le pas. Quand il entre dans le bâtiment, les infirmières passent à côté de lui sans avoir l'air de le remarquer. Un groupe de jeunes internes en blouse blanche ne semblent pas le voir non plus. Ni le soignant qui pousse un fauteuil roulant dans le couloir. Il continue de marcher tout en consultant son portable.

Il se dirige vers l'annexe de l'hôpital, jusqu'à la chambre 215. Devant la porte, il prend la peine de s'assurer du numéro. Il hoche la tête et entre. C'est un dortoir de six personnes ; tous les lits sont vides, sauf un au fond de la pièce. Il vérifie le nom du patient inscrit au bout du lit. C'est bien lui. Il regarde l'heure ; encore quelques secondes. Le compte à rebours a commencé et l'alarme finit par sonner. Au signal, le patient se lève et s'assied. Le vieil homme observe tout autour de lui d'un air hébété. Il l'appelle par son nom à voix basse, trois fois de suite :

— Monsieur Jung Seok-hwan.

— Moi ? répond le vieillard en plissant les yeux.

— Oui, vous, monsieur Jung Seok-hwan.

Le vieil homme, l'air absent, se lève tout doucement.

— Vous êtes bien monsieur Jung Seok-hwan, né le 18 février 1938 ?

Il l'interroge, l'œil rivé sur l'appli de son téléphone qui lui permet de connaître l'identité de ses inscrits.

— Oui, c'est moi.

— Monsieur Jung Seok-hwan, vous êtes a priori décédé ce 16 septembre à 10 heures du matin.

— Quoi ? Je suis mort ?

Le vieil homme est sidéré.

— Oui, vous êtes décédé. Regardez là-bas, lui dit-il en faisant un geste de la main.

En effet, un vieil homme, de même apparence, est allongé dans le lit dont il vient de sortir.

— Je me disais aussi que c'était bizarre de ne plus ressentir aucune douleur.

Le vieillard se met à marmonner, le visage pourtant impassible. L'électrocardiogramme affiche une ligne plate. Une infirmière entre précipitamment dans la chambre, suivie d'un médecin, prend le pouls du patient allongé et commence à installer le défibrillateur. Malgré cela, le cœur du vieil homme ne repart pas et le docteur fait finalement signe que c'est fini. L'électrocardiogramme indique zéro sur l'écran et bipe en continu. Le médecin consulte sa montre pour annoncer l'heure du décès.

— Le patient est décédé à 10 h 05 du matin.

L'infirmière recouvre alors le corps d'un drap blanc. Debout, le vieil homme la regarde faire, l'air stupéfait d'assister ainsi à son propre décès. Il se passe un moment avant que son visiteur ne prenne à nouveau la parole.

— Nous avons un peu de temps. Souhaitez-vous voir votre famille ?

— C'est possible ?

— Oui, votre heure est venue, donc c'est le moment.

— Merci, monsieur.

Quelques instants plus tard, les membres de la famille du vieil homme entrent dans la chambre. Le médecin leur annonce l'heure du décès et les enfants hochent la tête, l'air profondément tristes.

— Mon Dieu, papa...

L'homme qui pleure à chaudes larmes, c'est le fils. Le vieillard s'approche, tente de lui poser une main sur l'épaule pour le réconforter. Mais sa main, crispée, reste en suspens...

— Monsieur Jung, comprenez que vous pouvez voir les membres de votre famille mais qu'eux ne peuvent ni vous voir, ni vous toucher.

— Ah, d'accord.

Il fait un signe au vieillard ; c'est le moment des adieux.

— Il est temps d'y aller, maintenant.

— Oui.

En sortant de l'hôpital, M. Jung ne cesse de se retourner. Ses larmes coulent ; il ne reverra plus jamais les siens. À l'extérieur, les voitures roulent à vive allure, les publicités défilent sur les écrans et tout le monde semble pressé.

— Ce n'est pas comme je l'avais imaginé…

Le vieux regarde autour de lui en séchant ses larmes.

— Comment ça ?

— Je croyais qu'au moment de mourir on était absorbé par une lumière blanche.

— C'est ça. Et ce n'est pas ce que vous avez ressenti tout à l'heure ?

— Tout à l'heure ?

— Oui, à votre dernier souffle. Vous n'avez pas vu de lumière blanche ?

— Si, vaguement. En fait, c'était si rapide que je ne sais pas trop…

— C'est en effet très bref. Les personnes qui frôlent la mort partagent elles aussi souvent cette expérience.

— Dans ce cas, je comprends mieux, répond le vieillard en hochant la tête.

Il ne pleure plus ; il commence à intégrer l'idée de sa mort.

Ils traversent la rue ensemble pour descendre dans le métro.

Les voici dans le Monde d'en bas, précisément à la station où arrivent les morts. Et ça grouille ! Une véritable ruche, avec des Passeurs qui font la navette entre le Monde d'en bas et celui d'en haut.

Quartier G, des bâtiments gris bien entretenus et à étage unique bordent la rue. Les voilà qui s'engouffrent dans l'un d'eux. À l'entrée, une série de guichets, tous indisponibles en raison de la forte affluence. Ils prennent un ticket et attendent leur tour.

— Asseyez-vous et patientez.

— Où sommes-nous ? demande le vieil homme.

— À l'enregistrement.

Quelques instants plus tard, un signal sonore leur indique qu'un guichet vient de se libérer.

— C'est là-bas.

Leur numéro s'affiche et le guichetier leur sourit.

— Salut, Haesu.

— Ah, salut. Ce monsieur arrive aujourd'hui.

Haesu propose au vieil homme de s'asseoir.

— Votre nom, c'est bien Jung Seok-hwan ? demande l'agent en consultant ses dossiers.

— Oui, c'est bien ça, opine le nouvel arrivant.

— Vous êtes décédé ce 16 septembre, à 10 heures du matin, des suites d'une longue maladie ?

— Tout à fait.

— Posez votre main droite ici, s'il vous plaît.

L'homme pose lentement sa main sur un écran qui se met à biper.

— Parfait, vous êtes enregistré.

Une marque bleue apparaît sur la main de Seok-hwan.

— Vous allez rester ici quelque temps, histoire de vous acclimater, ensuite vous pourrez rejoindre votre domicile.

L'agent replonge alors le nez dans ses dossiers.

— D'accord.

Le vieil homme hoche à nouveau la tête, bouche bée.

— Un Esprit peut assister aux funérailles de celui ou de celle qu'il habitait. Émotionnellement, ce n'est pas facile, et je dois vous prévenir que ça ne se termine pas toujours au mieux. Comme vous ne me semblez pas encore tout à fait comprendre ce qui arrive, vous suivrez vos obsèques par visio, ce qui vous donnera tout de même l'occasion de voir vos enfants.

— Merci.

— Passé un délai de quarante-neuf jours, vous pourrez nous quitter et passer dans l'Autre Monde.

— Et là-bas, je pourrai à nouveau voir mes enfants ?

— Ça dépendra, répond le guichetier en souriant. Si tout se passe comme il faut, vous pourrez entrer en contact avec eux. Certains ont cette chance, même plusieurs fois par an !

— Ah...

— Cela peut se faire le jour anniversaire de votre mort, par la médiation de Haesu ou d'une voyante. Mais ne vous inquiétez pas, nous vous préviendrons lorsque vous serez passé dans l'Autre Monde. Pour le moment, bienvenue parmi nous !

L'homme poursuit de son air jovial et Seok-hwan, groggy, répond d'un signe de tête.

— Voyons voir... Tout au long de votre vie, vous avez cumulé... mille cinq cents points.

— C'est beaucoup ?

— Mille cinq cents points, oui, c'est un bon score !

L'agent pianote sur son clavier.

— Un studio va vous être attribué. Mais pas de voiture. Vous devrez utiliser les transports en commun. Vous êtes arrivé par le métro, n'est-ce pas ?

— Oui, oui.

— Les transports en commun sont gratuits. Vous voyez la marque bleue sur votre main, c'est votre passe. Elle ouvrira la porte de votre studio et vous servira également de carte d'identité. En cas de contrôle, vous n'avez qu'à la montrer.

— Je vois que ce n'est pas très différent dans l'Au-delà...

— Eh oui, on a su s'adapter ! Du coup, oui, ce n'est pas si différent ! Vous résiderez au quartier B, Jung-to Villa, bâtiment 2, appartement 11. Au début, vous emprunterez les transports mais vous verrez, avec l'habitude, vous vous téléporterez.

— Je vois...

— Voici votre smartphone.

— Comment je...

— Il vous servira de GPS. En cas de besoin, c'est sur ce téléphone qu'on vous appelle. Vous voyez cette application ?

Le guichetier se saisit de l'appareil et poursuit ses explications :

— Quand vous appuyez ici, ça vous donne le trajet jusque chez vous. Vous n'avez qu'à suivre les indications. Et pour prendre le métro, posez simplement votre main sur l'écran.

— J'ai compris.

— Si vous avez des questions, vous voyez cette touche ? Vous l'activez et vous m'avez directement en ligne.

— D'accord. Je pourrais avoir votre numéro ?

— Nous n'en avons pas ici. Cette touche vous met directement en relation avec moi. De la même façon, pour appeler vos éventuels amis, vous placez le dos de votre main sur l'écran et l'application de mise en relation s'ouvre tout de suite.

— C'est très simple, en fait !

— N'est-ce pas ? Nos utilisateurs sont en général satisfaits.

— Ah oui, c'est plus pratique comme ça ! Dire que j'ai passé une partie de ma vie à m'énerver contre ces nouvelles technologies !

— Ça peut toutefois se compliquer lors de votre passage dans l'Autre Monde. Mais, là encore, il y aura un temps d'adaptation et les choses vous paraîtront très faciles finalement. N'hésitez pas à me contacter. Appuyez ici, s'il vous plaît.

L'homme indique l'écran qui se met à biper lorsque le vieil homme le touche.

— Haesu, à ton tour, s'il te plaît.

Encore un bip.

— Bon, ça y est, nous avons terminé. Profitez de votre séjour !

Le guichetier salue Seok-hwan qui, en compagnie de Haesu, quitte le bâtiment pour se diriger vers la station d'en face. Tous deux gravissent lentement l'escalier, Haesu s'adaptant au rythme du vieil homme.

— Voulez-vous essayer de lancer l'application ? lui propose Haesu sur le quai du métro.

Le vieux acquiesce.

— Il faut toucher là, dit Haesu en montrant l'emplacement du doigt.

Quelques instants plus tard, le métro arrive à quai. Ils montent ensemble. Haesu suggère au vieillard de s'asseoir. Lui reste debout. Cette ligne va conduire Seok-hwan jusqu'au quartier B, tandis qu'il changera de direction pour suivre une autre affaire.

— Je vais descendre à la prochaine station et vous allez continuer jusqu'au terminus. Après, vous n'aurez qu'à suivre les indications de votre application pour arriver à Jung-to Villa.

— Merci beaucoup.

— Je vous en prie. Bon voyage.

Il salue Seok-hwan et descend. Dans les couloirs, il tombe sur quelques collègues. Un enfant est en pleurs.

— Maman, maman, où es-tu ?

Il crie de plus en plus fort.

— Maman !

Celui qui accompagne l'enfant semble désemparé. Hwa-jung, qui observe la scène, s'approche et appelle l'enfant par son prénom.

— Oh là là, mais c'est Cheul-su, n'est-ce pas ?

Il s'arrête alors de pleurer pour observer la femme.

— Mais pourquoi tu pleures comme ça ?

— Je veux voir ma maman.

L'enfant lui répond avec une infinie tristesse. Ses lèvres se crispent à nouveau. Il va se remettre à gémir. Hwa-jung sort un bonbon de sa poche.

— Regarde ! Qu'est-ce que c'est ?

L'enfant jette un coup d'œil à Hwa-jung qui trace un large cercle avec le bonbon. Elle ne fait qu'hypnotiser l'enfant qui se fige, bouche ouverte. Hwa-jung lui offre alors la sucrerie.

— C'est bon ?

— Oui ! répond l'enfant, le regard absent.

— Tu es un bon petit gars. Tu auras un autre bonbon si tu es gentil avec ce monsieur.

— D'accord.

Et comme si de rien n'était, l'enfant se remet en route avec son accompagnant.

— Quel talent !

L'exclamation sort de la bouche de Haesu, en admiration devant la maestria avec laquelle Hwa-jung a calmé le minot.

— Tiens, Haesu, tu étais là ?

Hwa-jung se retourne vers lui en lui lançant un sourire charmeur.

Haesu sent aussitôt ses pensées s'embrouiller. Il ferme les yeux et récite la formule pour clarifier les esprits. Le brouillard disparaît bientôt et il retrouve sa sérénité. Quand il rouvre les yeux, il voit le visage de Hwa-jung, quelque peu déçue.

— Zut, un peu plus et j'aurais pu t'avoir toi aussi, mon petit Haesu.

— Chère amie, je sais qu'il ne faut jamais se laisser distraire en présence d'un succube.

— Qu'est-ce que tu veux, je suis née comme ça, dit Hwa-jung en passant une main dans ses cheveux d'un geste séducteur.

Et elle disparaît dans le couloir, laissant traîner son sourire alors que Mun-kyu apparaît derrière lui.

— T'en pinces pour elle, pas vrai ?

— Parle pour toi !

— Ouais… elle m'a brisé le cœur après cent quatre-vingts ans passés ensemble… Et pourtant, je ne regrette rien.

Il laisse échapper un long soupir.

— Eh oui, tu vois… Bon courage ! lance Mun-kyu en riant.

— Je n'oublierai pas de l'appeler le jour où j'aurai à m'occuper d'un gosse. Sinon, je te rassure : elle ne m'intéresse pas du tout. Plus sérieusement, tu en es où, de tes cinq cas ?

— Terminé, répond Mun-kyu en se massant les cervicales.

— Et c'était comment ?

— Bof… Et toi, t'as encore beaucoup de boulot ?

— Oui, encore deux cas.

— Bon courage, alors.

— Merci.

Haesu salue Mun-kyu et reprend le métro.

1 **2** 3 4 5 6 7 8 9 10 11 12 13 14 15

Le 17 septembre
Hyesu

— Maman, quelle heure est-il ?

Hyesu fait irruption dans la cuisine, les cheveux en bataille.

— 8 heures passées. Tu n'es pas en avance...

Elle jette un coup d'œil à l'horloge.

— Tu ne pouvais pas me réveiller !

— Je pensais que tu avais cours plus tard, aujourd'hui. Ton réveil n'a pas sonné ?

Sa mère est en train de passer un coup d'éponge sur la table.

— J'en sais rien. Où est mon collant ?

Elle cherche partout. Elle a tchaté avec ses copines jusqu'à minuit et mis son téléphone à charger. Pas de chance, ça n'a pas marché : plus de batterie. Le réveil ne risquait pas de sonner !

— Sur ton bureau.

Elle se précipite dans la chambre, enlève son pyjama et enfile son uniforme.

— Et papa ?

— Il est parti de bonne heure. Il a une réunion ce matin.

— Ah, mince. Je lui aurais bien demandé de me déposer au lycée. Il est parti avec la voiture, j'imagine ?

— Oui.

Du coup, elle attrape son sac, fonce dans l'entrée pour enfiler ses baskets.

— Ton petit déjeuner, Hyesu !

— On s'en fout. Je suis en retard !

— Grignote au moins quelque chose à la récré !

— OK, ça marche.

Elle sort en trombe et appelle l'ascenseur qui descend du quinzième. Elle compte les étages. Arrêt au huitième. Un habitant monte en oubliant d'appuyer sur le bouton qui ferme la porte. Bon sang, elle est pressée !

L'ascenseur se remet en marche ; elle poursuit le décompte... Huitième, septième, sixième. Maintenant, c'est une écolière qui s'engouffre. Quelle poisse ! Nouveau stop, cette fois-ci au deuxième. Là, c'est une petite vieille avec sa canne. Elle décide de finir par l'escalier. Elle court à toute vitesse vers l'arrêt de bus. Et pas de chance, il démarre sous son nez !

— Monsieur, monsieur !

Le chauffeur ne l'entend pas et le prochain bus passe dans dix minutes. Mieux vaut filer. Elle rajuste son sac à dos et s'élance.

Lorsqu'elle arrive devant le lycée, les grilles sont déjà fermées. Le surveillant est à son poste et, mine de rien, elle se rend à la porte de l'annexe. À peine l'a-t-elle entrouverte qu'elle reçoit une pichenette sur le sommet du crâne.

— J'étais sortie et j'entre de nouveau, en fait, lance-t-elle d'un air innocent.

— Avec ton sac sur le dos, bien sûr ?

— Eh ben... je suis désolée, finit-elle par s'excuser.

— Dis-moi, ça fait combien de fois que tu arrives en retard ?

— Cette semaine, c'est la première fois.

— Oui, merci. Nous sommes lundi.

— Ah, pardon.

Après une nouvelle salve d'excuses, elle rejoint le groupe des retardataires.

*
* *

— Et si on faisait un tour au kiosque ?

— D'accord ! acquiesce Yuri.

— OK pour moi aussi, dit Hyewon qui a déjà enfilé ses baskets.

Minju et Chaewon sont elles aussi partantes.

Tout le monde se rue sur les petits pains goût « pizza » et, passé la première heure de cours, il n'en reste généralement plus. Du coup, à la sonnerie, les filles se précipitent. Hyewon arrive la première.

— Prem's ! parade-t-elle avec déjà un petit pain à la main.

Ses copines se servent dans le panier.

— Oh, le dernier est pour moi !

Hyesu arrive à la caisse pour payer.

— Bonjour, madame.

— Bonjour, 2 500 wons, s'il te plaît.

Elle fouille dans sa poche.

— Ça alors, je ne trouve pas mon porte-monnaie !

Hyewon la regarde, la bouche pleine.

— Quoi ?

— Je ne trouve pas mon porte-monnaie. Où est-ce que j'ai bien pu le mettre ?

— Cherche encore.

— Ben non, je ne l'ai pas. Tu pourrais m'avancer ? Je te rembourserai.

Yuri secoue la tête.

— J'ai pris tout juste la somme.

— Moi aussi.

— Pareil.

— Pas mieux.

Aucune des filles n'est en mesure de lui avancer l'argent.

— Alors, tu peux payer ou pas ? lui demande la caissière.

— Vous accepteriez de me faire crédit ?

— Malheureusement, non. Tu es une habituée, je sais, mais je ne peux pas faire d'exception. C'est écrit là : *La maison ne fait pas crédit.*

Hyesu rend le petit pain. Ce n'est décidément pas son jour ! Hyewon, elle, a déjà englouti le sien, et c'est Yuri qui lui offre un morceau.

*
* *

— Faut qu'on y aille, dit Minju en regardant sa montre.

Les filles se dirigent vers la salle de classe. Et voilà que la professeure de maths décide de faire un contrôle. Dans sa précipitation ce matin, Hyesu a oublié son cahier et, en guise de punition, elle reste debout au fond de la classe pendant tout le cours.

— Toi, ça ne va vraiment pas aujourd'hui, lui fait remarquer Hyewon.

Arriver en retard, ne pas avoir droit à son petit pain… Yuri partage son avis.

— Ça t'est pas arrivé le mois dernier ? demande Minju à Hyewon.

— Ah, si ! Le même jour, j'ai déchiré ma jupe et je me suis fait mal au doigt.

— Et toi, c'était pas la semaine dernière ? fait remarquer Minju à Chaewon.

— Si. Je suis tombée sur le plus moche au *blind date* ! répond-elle en grimaçant.

— Qu'est-ce qui va bien pouvoir t'arriver encore ? La journée ne fait que commencer… remarque Yuri en jetant un coup d'œil inquiet à son amie Hyesu.

— Ça, j'en sais rien !

Quand vient l'heure du déjeuner, Hyesu meurt de faim et marche en direction de la cantine. Enfin une bonne nouvelle : steak au menu ! Elle prend sa place dans la file d'attente ; son ventre fait d'horribles gargouillis. Il a fallu que ce vieux chnoque de professeur d'histoire les lâche encore en retard.

Elle s'installe à table.

— C'est quoi, ça ?

— Un steak végétal, pardi ! lui répond Hyewon. T'as pas lu le menu ? Ah, j'avais oublié que tu détestais le soja... Oh là là, décidément, ma pauvre. T'es vraiment pas à la fête aujourd'hui !

Du coup, Hyewon demande à Hyesu si elle peut prendre sa part, car elle, le steak végétal, elle adore !

— Mmm, délicieux ! On ne ferait pas la différence avec de la viande !

C'est que Hyewon a un solide appétit ! Sa soupe au chou et sa salade de kimchi sont loin de l'avoir rassasiée. Elle aurait bien repris du riz aussi... mais il n'en reste plus. Elle propose alors à ses amies de faire un saut au kiosque où c'est l'heure des *pat pain*[*].

— Bonjour, madame, pas de brioches aujourd'hui ?

— Normalement, je suis livrée avant midi... mais là, je n'ai rien...

Hyesu, qui n'a toujours rien mangé, se rabat alors sur une pauvre tranche de pain de mie. Mais qu'a-t-elle

* Brioche aux haricots rouges.

bien pu faire pour mériter ça ? Elle retourne en classe, le moral dans les chaussettes.

— Allez, courage, l'exhortent ses amies.

Hyewon joue des coudes pour repartir en cours et, dépitée, Hyesu finit son maigre repas.

— Avez-vous appris par cœur le tableau périodique des éléments ?

Cinquième heure de cours de la journée : chimie.

Silence.

— Nous sommes aujourd'hui le 17 septembre… Eh bien justement, numéro 17 : Kang Hyesu ?

— Oui.

— Tu connais ton tableau ?

— Pas vraiment…

— Alors tu restes debout pendant tout le cours !

Et la voilà repartie au fond de la classe…

— Hyewon ? appelle le professeur.

— Hydrogène, hélium, lithium…

Hyewon fait un sans-faute.

— Parfait. Tout le monde a bien retenu ? Bon, on peut commencer le cours maintenant.

Quelle épouvantable journée : seulement deux élèves interrogées et, bien sûr, il faut qu'elle soit l'une d'entre elles.

Les cours sont terminés. Elle se lève et, en enfilant son sac sur l'épaule, voilà que toutes ses affaires de classe dégringolent : sa trousse, ses cahiers, tout est par terre. Normal, la fermeture Éclair de son sac n'était pas fermée. Elle est obligée de se mettre à quatre pattes pour tout ramasser. Franchement, là, c'est trop !

— Et si on se faisait un peu de shopping ? propose Chaewon.

— Quelle bonne idée ! Les soldes ont commencé ! répond Minju, des étoiles plein les yeux.

— Moi, je rentre, répond Hyesu d'une petite voix.

— Allez, on y va toutes ensemble ! insiste Yuri en la prenant par le bras.

— Non, je préfère pas. J'ai vraiment pas de bol aujourd'hui.

— Si ça se trouve, ta journée merdique est terminée.

— J'ai pas l'impression...

— Allez, Hyesu...

Hyewon, en posant sa main sur l'épaule de Hyesu, arrache malencontreusement le bouton de sa veste. Hyesu se penche pour le ramasser et c'est son chemisier qui se déchire.

— Bon sang, mais c'est pas vrai ! crient les filles en chœur.

Le bouton est cassé ; il est à jeter.

— Je suis désolée... murmure Hyewon.

— Je vais vraiment y aller, lui répond Hyesu.

— Je comprends, et fais attention à toi en rentrant.

Les filles sont contrariées pour leur amie qui se dirige maintenant vers l'arrêt de bus. Hyesu monte à bord et s'apprête à sortir sa carte de transport... Mais son portefeuille n'est pas dans sa poche ! Elle est obligée de redescendre et ne trouve même plus la force de se lamenter sur son sort.

Alors qu'elle parvient devant chez elle, son père lui lance un petit coup de klaxon.

— Tu rentres tôt, dis donc.

— Toi aussi, papa.

— Je me gare, j'arrive.

— OK.

Elle attend l'ascenseur, bloqué au dixième étage. Il arrive finalement, bourré à craquer : le voisin déménage. Après s'être trouvé une place parmi tout le bric-à-brac, elle rentre enfin.

— Dis-moi, tu arrives de bonne heure ce soir. Tu es sûre que tout va bien ? lui demande sa mère en rangeant le linge.

— J'ai passé une sale journée. J'ai pas envie d'en parler.

Hyesu s'enferme dans sa chambre. En s'asseyant sur son lit, elle sent quelque chose de dur sous ses fesses : son cahier de maths !

12**3**456789101112131415

Le 18 septembre
Haesu

Haesu raccompagne une femme qui vient de terminer son inscription.

— Bon retour, madame.

— Je suis complètement perdue ! dit-elle en l'agrippant par le bras.

— Vous verrez, tout est expliqué là-dedans.

— Mais je charge ça comment ?

— Ne vous inquiétez pas. Ça se fait tout seul. Vous appuyez sur cette touche et vous n'avez plus qu'à suivre les instructions.

— Mais je n'y comprends rien...

La malheureuse est totalement déboussolée.

— Rassurez-vous. Tout le monde y arrive. Tiens, tout à l'heure, j'étais avec un vieux monsieur de quatre-vingts ans... eh bien, il n'a eu aucune difficulté.

— Sauf que moi je suis nulle avec tous ces trucs !

Elle se met à pleurer et le supplie de l'aider. Une femme à peu près du même âge s'arrête à sa hauteur.

— Vous venez d'arriver, n'est-ce pas ?

— Oui.

— D'où êtes-vous ?

— Je suis de Do-bong.

— Moi, je suis de Bang-hak, tout près.

— Oh, mon Dieu ! Que je suis heureuse de tomber sur une voisine !

— Alors, où allez-vous ?

La femme lui montre son téléphone.

— Eh bien, mon portable m'indique Yung-deung Villa, dans le quartier A.

— C'est pile sur mon chemin. Allons-y ensemble.

L'habitante de Bang-hak prend la femme par le bras. Elles se dirigent ensemble vers le métro.

Avant de terminer sa journée, Haesu a une dernière affaire à régler. Il jette un coup d'œil à son téléphone. Il est dans les temps.

La ville s'étend à ses pieds. Des oiseaux volent dans le soleil couchant et des rayons orangés illuminent son visage. La nuit commence à tomber. Comme autant d'étoiles, les lampadaires s'allument et la ville brille de mille feux, à la manière d'un sapin de Noël. Le vent s'est levé et s'engouffre dans sa veste. Il contemple le paysage d'un des plus hauts immeubles de la ville. En contrebas, des voitures, des passants, des boutiques, des cris, des sirènes hurlantes : autant de bruit que de lumière...

La nuit s'installe peu à peu et les fêtards éméchés traversent la rue en s'invectivant. Il est un peu moins de minuit.

C'est l'heure. Il redescend rapidement, consulte une fois encore son téléphone et sent comme une présence. C'est son collègue Mun-kyu.

— Qu'est-ce que tu fais là ? Je croyais que tu avais terminé ?

— Oui. C'est juste que je suis un peu en avance pour demain, lui répond Haesu.

— Demain ?

— Oui, demain, à minuit quatre. Et toi, ton dernier cas, c'est ici que ça se passe ?

— Oui, à 23 h 59 : Jung Min-ae. Cause du décès : meurtre.

— Moi, c'est pour Lee Sang-ryeol. Cause du décès : accident.

— C'est bizarre… Pour deux cas à cinq minutes d'intervalle, généralement c'est le même Passeur… répond Mun-kyu, perplexe.

— Oui, en principe.

— Qu'est-ce que ça signifie, d'après toi ?

— Je n'en sais rien. De toute façon, je dois y aller, c'est quasiment l'heure.

En levant la tête, Haesu aperçoit une jeune femme qui titube sur le trottoir d'en face, vraisemblablement ivre. Personne dans la rue. Une silhouette se dégage alors, ombre dont le visage apparaît dans le faisceau du réverbère.

— Je comprends mieux.

— Quoi ?

Haesu montre une photo à Mun-kyu.

— C'est bien Lee Sang-ryeol ?

— Oui. Il me semble qu'il tue la jeune femme et qu'en prenant la fuite il meurt accidentellement, répond Mun-kyu.

— C'est donc pour ça qu'on est deux sur le coup !

Mun-kyu vient de comprendre lui aussi.

— Mais oui ! Si ces deux-là devaient être emmenés par le même Passeur, ce serait un peu raide, surtout pour la victime.

— Tu m'étonnes !

— Quand c'est un accident, ça passe, mais pour un meurtre, mieux vaut éviter que la victime et son assassin soient emmenés ensemble. Attention quand même, on risque de se croiser dans le métro tout à l'heure. Écoute, moi, je serai dans la voiture de tête.

— OK. Dans ce cas, je monterai dans le dernier wagon.

Mun-kyu observe la jeune femme. Ce sont ses derniers instants... Elle est encore bien jeune pour mourir.

— Et leur *Mudang**, elle ne les a pas mis en garde ?

---

* En Corée, les chamanes sont pour la plupart des femmes, les *Mudangs*. Leurs homologues masculins sont beaucoup moins nombreux. En tant que chamane, la *Mudang* pratique des rituels en vue d'apporter des soins, d'attirer la fortune, de communiquer avec les esprits des forces de la nature et des morts.

— Les *Mudangs* ignorent quand la mort va frapper.

— Tiens donc ? Je ne savais pas.

— Elles prédisent la chance, l'amour, la fortune... pas davantage.

— Ça reste donc la grande inconnue !

— Eh oui, même pour nous ! Regarde, nous ne sommes informés du décès de quelqu'un que le jour même !

— Allez, je crois qu'il est temps.

L'homme, une capuche noire rabattue sur la tête, s'approche de la jeune femme.

— Bon courage, j'y vais.

— Oui... Fais au mieux pour cette malheureuse jeune femme, demande Haesu.

— Tu peux compter sur moi.

Le bout de la rue est éclairé et quelqu'un se met à courir derrière lui. Quelle heure est-il ? Il reste dix secondes. Cinq, quatre, trois, deux... L'homme encapuchonné de noir le frôle. Une voiture freine brusquement. Un bruit terrible laisse penser que l'homme a été renversé. Le corps au sol est inerte mais l'Esprit, lui, ne semble pas avoir été atteint. Haesu époussette les vêtements du type d'un revers de la main et appelle.

— Lee Sang-ryeol, monsieur Lee...

L'homme lui jette un coup d'œil et s'enfuit.

C'est son seul dossier de la journée et il commence à comprendre pourquoi !

— Hé là, stop.

L'homme poursuit sa course.

— Sang-ryeol, Lee Sang-ryeol...

L'homme se bouche les oreilles avec ses mains. Il sait très bien que le Passeur veut l'attirer. Il coupe à travers les immeubles. Étrange de la part d'un Esprit... La mâchoire serrée, Haesu accélère sa course. Il le rattrape. Mais, au dernier moment, l'homme s'engouffre dans le métro et Haesu perd sa trace.

Un tunnel très sombre, puis un autre. Haesu s'enfonce toujours plus profond. Il retrouve finalement le fuyard sur le quai du métro, à l'embranchement de plusieurs lignes. Les câbles à haute tension, les ondes électromagnétiques, la foule, la pression atmosphérique contribuent à un épais bourdonnement qui affaiblit ses forces et ses sens. Son adversaire le sait pertinemment.

Haesu ne pourra pas l'attraper cette fois-ci, avec ce métro qui ne cesse d'aller et venir en faisant trembler les entrailles de la terre.

Mais comment un simple mortel peut-il lui donner tant de fil à retordre ? Il remonte à la surface, pose sa main à l'endroit même où l'homme a trouvé la mort. Il tente désespérément d'aspirer l'Esprit de la victime afin de l'enregistrer, faute de quoi, il pourrait devenir dangereux.

Nul doute : la journée s'annonce difficile.

123**4**56789101112131415

Le 19 septembre
Hyesu

À la fin de la deuxième heure de cours, Hyewon tape sur l'épaule de Hyesu.

— T'es trop forte ! Tout comme tu l'avais prédit ! Pas d'interro !

— Hyewon, passe-moi ton cahier. Allez, grouille… lui demande Chaewon.

— Si tu veux mais, d'après Hyesu, l'interro ne tombe qu'au prochain cours.

Les filles commencent à stresser.

— J'ai pas fait mes devoirs, avoue Chaewon en tapotant nerveusement sur son pupitre.

— Et la prof va te demander ton cahier… lui répond Hyesu.

— Tu veux dire que ça va tomber sur moi ? demande Chaewon, paniquée.

— Absolument.

— Oh, mon Dieu !

Hyewon prêtre alors son cahier à sa camarade pour qu'elle recopie fissa les devoirs.

— Et moi, je vais aussi être interrogée ? demande Minju.

— Oui, toi aussi, lui répond Hyesu.

— Et moi ? demande Yuri.

— Idem pour toi.

— Quelle poisse !

Yuri et Minju se mettent, elles aussi, à recopier nerveusement le cahier.

Hyesu, elle, chantonne dans un coin ; Yuri l'observe du coin de l'œil.

— Tu as fait tes devoirs, toi ?

— Non.

— Ben alors, tu bouges pas ?

— Je sais que je ne serai pas interrogée, réplique Hyesu sereinement.

— Et si tes prédictions étaient fausses ?

— Vérifions...

Hyesu se met alors à compter sur ses doigts.

— Non, non, c'est bon, je te dis que la prof ne contrôlera pas mon cahier, lance-t-elle à Yuri en tirant la langue.

Ça sonne et Hyewon arrache son cahier des mains de Chaewon.

— Rends-moi ça, maintenant.

Les filles s'installent et s'avachissent sur leur chaise. Copier comme ça, à la va-vite ! Yuri se masse le poignet.

Le troisième cours de la journée commence. La professeure de coréen, une femme maigre à la peau couverte de taches, n'est pas de bonne humeur. Son côté hystérique lui vaut le surnom de « Sorcière » auprès des élèves.

— Tout le monde a fait ses devoirs, je suppose ? Posez votre cahier sur votre pupitre.

Silence. Les élèves obtempèrent, et voilà que cette vieille chouette commence à passer dans les rangs. En général, elle n'oublie personne. Mais, chose étrange, là, elle saute le tour de certaines. Elle arrive au niveau des filles qui retiennent leur souffle. C'est Yuri qui ouvre le bal.

— C'est parfait, tu as bien travaillé.

C'est maintenant le tour de Minju.

— Bien, Minju.

Et de Chaewon.

— Tu ne peux pas écrire plus lisiblement ?

Elle repose le cahier et se dirige vers le fond de la classe. Chaewon peut souffler !

— Elle n'a pas relevé le tien, chuchote Yuri à Hyesu.

— Quant à toi, Hyewon, tu ne me déçois jamais. C'est parfait.

La professeure retourne à son bureau.

— Allez, on commence la leçon.

La tension se dissipe et l'on perçoit quelques soupirs dans l'assistance. À la récréation, les filles s'en vont trouver Hyesu.

— Incroyable !

Yuri se pâme d'admiration.

— Et pour le cours d'après ?

— Rien à signaler.

— Logique puisqu'on n'avait pas de devoirs à faire.

Les filles sont soulagées. Yuri jette alors un coup d'œil en direction de la cantine.

— Nous sommes mercredi, c'est bien ça ? J'espère qu'il y aura un truc sympa à manger ce midi.

— Du bœuf.

Les filles dévisagent Hyesu.

— T'es sûre ? C'est pas du steak de soja, cette fois-ci ? lui demande Yuri.

— Non, c'est bien du bœuf.

Les filles restent bouche bée.

Après déjeuner, les copines s'offrent une glace. Hyesu a un drôle d'air et penche bizarrement la tête.

— Qu'est-ce que tu as ? lui demande Hyewon.

Au même instant, un ballon frôle le visage de Hyesu.

— Tu l'avais senti venir, c'est ça ?

— Absolument, je sentais que quelque chose m'arrivait dessus.

— T'es super douée ! Quand je pense que tu as deviné le menu du jour à la cantine !

Hyewon est stupéfaite.

*
* *

Fin des cours.

— Et si on allait faire un peu les magasins ?

— Chaewon, je serais toi, je m'abstiendrais, intervient Hyesu.

— Pourquoi ? lui demande Chaewon.

— Je te rappelle que tu n'as pas vraiment de bol aujourd'hui...

Minju prend la parole :

— Chaewon, tu ferais mieux d'écouter Hyesu. Jusque-là, elle a raison sur tout !

Chaewon est contrariée, d'autant que c'est la sortie des nouvelles collections. Hyesu insiste auprès de sa camarade :

— Oublie le shopping, je te dis. Souviens-toi de ce qui s'est passé hier.

— J'ai fait les magasins mais je n'ai rien trouvé qui me plaisait.

— Et ?

— Quelqu'un m'a raflé sous le nez le truc que j'avais prévu de m'acheter.

En se remémorant la scène, Chaewon enrage encore.

— Et après ? lui demande Hyesu en se rapprochant.

— J'ai tout de même acheté quelque chose.

— Et... ?

— Je l'ai payé au prix fort, soupire Chaewon. En sortant du centre commercial, j'ai vu le même à moitié prix...

Chaewon a bien du mal à écouter les mises en garde de Hyesu.

— En même temps, je n'ai plus rien à me mettre.

Et il s'en faut de peu pour que Chaewon se mette à pleurer.

— Dans ce cas, va faire un tour à Hana Outlet !

Chaewon dévisage Minju.

— Mais c'est nul, là-bas.

— Monte au cinquième étage.

— Le rayon sport ?...

Minju lance un clin d'œil complice à Hyesu.

— C'est ça. Il y a des marques sympas, tu sais.

Chaewon se radoucit un peu.

— Remarque, vous avez pas tort...

Au grand soulagement de Hyesu, Chaewon tombe d'accord.

— Alors, on y va ?

— OK, c'est parti ! lance Yuri d'un air de défi.

— Minju, toi, tu trouveras ton bonheur au deuxième étage.

— Le deuxième ? Mais c'est des fringues de vieilles, ça ! la taquine Chaewon.

— Ben, faut croire qu'elle a des goûts de vieille ! répond Hyesu.

Chaewon éclate de rire.

— Mais j'y crois pas ! Pourquoi, moi, c'est le deuxième et elle, le cinquième ?

— Je n'en sais rien mais, en tout cas, c'est ce que je vois pour toi.

Hyewon s'approche alors de Hyesu et lui demande :

— Et moi ?

— Toi, ça va se passer au sous-sol.

— Ah, je vois ! Je vais me faire un bon petit steak ! s'exclame Hyewon.

— Oui, les restos sont au sous-sol.

— Ça fait un mois qu'elle nous en parle... Tu penses qu'elle saute de joie !

Plutôt qu'une séance de shopping, Hyewon préfère – et de loin – passer à table. Elle est un peu différente des autres filles, passant la moitié de son temps à manger, et l'autre moitié à plancher. Elle s'installe systématiquement au dernier rang et donne l'impression de ne rien faire en classe mais elle est toujours la première. Ce qui explique que les filles lui empruntent souvent son cahier...

— Tu n'as pas fait comme d'habitude, tu n'as pas compté sur tes doigts.

— C'est vrai.

— Du coup, t'as fait comment ?

— J'ai vu les choses dans ma tête.

Yuri est très admirative.

— À demain, les filles.

Hyesu quitte seule la salle de classe, son sac sur l'épaule.

*
* *

Elle monte dans le bus et composte son billet. Coup de chance, une place libre ! Elle lève le nez pile au moment de descendre et rentre chez elle tout en jouant sur son portable.

L'ascenseur l'attend. Elle monte toute guillerette : elle a gagné sa partie.

— Je suis là, lance-t-elle en quittant ses chaussures.

À sa mère en train de préparer le dîner, elle déclare :

— Je t'annonce que papa ne rentrera pas de bonne heure ce soir.

— Quoi ?

— Il va prendre un verre après le boulot.

— Il s'est passé quelque chose de spécial ?

— Oui.

— Mais, dis-moi, tu as eu ton père au téléphone ?

— Non.

Sa mère se fige.

— Alors, comment es-tu au courant ?

— Comme ça.

Le regard de sa mère se durcit, elle s'essuie les mains et attrape sa fille par le bras.

— C'est quoi, cette histoire ? Tu es sûre qu'il ne s'est rien passé aujourd'hui ?

— Non, pourquoi ?

Soudain, Hyesu se sent défaillir ; sa vue se trouble. Elle s'évanouit. Sa mère pose sa main fraîche sur son front et s'aperçoit que sa fille a de la fièvre. Elle décide d'appeler les urgences. Au même moment, son téléphone sonne.

— Allô, maman, c'est toi ?

— Comment va Hyesu ? demande la grand-mère.

— Comment es-tu au courant, maman ?

— Je te le dis, inutile d'aller à l'hôpital. Attends-moi. J'arrive tout de suite.

La grand-mère a déjà raccroché. La mère fait tout de même transporter sa fille et, dès son arrivée, les infirmières disposent des poches de glace sur le corps de Hyesu. La fièvre descend à 39 °C. Hyesu ne bouge pas et respire difficilement.

— Maman, mais qu'est-ce que tu fabriques là ? s'étonne la mère.

— Fais voir.

La grand-mère s'approche de sa petite-fille et pose à son tour sa main sur son front. Elle lui murmure quelque chose à l'oreille. Le médecin et l'infirmière observent la scène d'un air perplexe.

— Je peux vous demander qui est cette dame ?

— C'est ma mère.

— Ah, très bien. Votre fille est toujours un peu confuse mais les médicaments commencent à faire effet, déclare le médecin.

— Ouf.

En effet, Hyesu respire de mieux en mieux. Semi consciente, elle entend tout de même sa grand-mère discuter avec le médecin.

— Est-ce qu'elle peut rentrer ?

— Elle va mieux, mais nous allons la garder en observation une douzaine d'heures.

— Maman, qu'est-ce qu'il m'arrive ? murmure Hyesu.

— C'est la Grande Fièvre de l'Esprit, ma chérie, lui répond sa grand-mère.

Celle-ci glisse quelque chose sous la chemise de sa petite-fille. Hyesu ne comprend toujours pas mais ressent maintenant une profonde envie de dormir.

— J'ai fait le nécessaire mais ça ne tiendra pas longtemps, dit la grand-mère.

— Que faut-il faire exactement ? lui demande la mère d'une voix tremblante.

— Organiser au plus vite un rituel d'initiation.

— Je comprends mieux maintenant… répond la mère.

1234 5 6789101112131415

Le 20 septembre
Haesu

— Jung Haesu, à l'appareil.

— Bonjour, monsieur Jung, ici l'Investigation, nous aimerions vous voir.

— J'arrive tout de suite.

L'Investigation est chargée de retrouver les Mauvais Esprits. Jusqu'alors, Haesu n'avait jamais été en contact avec ce service. Il sort de son bureau et s'engouffre dans l'ascenseur. Arrivé à l'étage, il suit un long tapis bleu qui étouffe le bruit de ses pas, ouvre la porte sur laquelle figure une grosse plaque dorée.

— Ah, monsieur Jung.

Trois ou quatre types sont assis autour d'une table. Il est accueilli par un petit homme tout maigre qui porte des lunettes dorées. C'est le directeur, M. Jo.

— Approchez et asseyez-vous, je vous prie.

Il salue M. Jo et prend place.

— Monsieur Jung, voici plus de sept cents ans que vous travaillez ici, n'est-ce pas ?

— Oui, c'est bien ça.

— À votre actif, vous totalisez plus de 80 000 passages ?

L'homme consulte un dossier en lui parlant.

— 83 530 exactement.

— Et c'est la première fois que vous ne parvenez pas à attraper un Esprit ?

— Oui, la première fois de toute ma carrière.

Rien que d'y penser, Haesu est furieux.

— Cet Esprit en question, selon vous, est-il différent des autres ? lui demande l'homme à lunettes.

— Certainement, répond Haesu en hochant la tête. Généralement, lorsqu'on appelle un mort par son nom, il nous regarde et son Esprit arrive jusqu'à nous. Mais celui-ci s'est bouché les oreilles et s'est enfui.

— Ah bon ?

— Oui, il a fait en sorte de ne pas entendre mon appel.

— Autre chose ?

— Oui.

— Quoi donc ?

— Il s'est enfui en traversant les immeubles.

— Quoi ?

— Oui. Sans hésiter, il a coupé par les habitations. J'ai tout expliqué dans mon rapport.

— En effet, j'ai lu votre rapport mais je voulais vous l'entendre dire de vive voix.

M. Jo commence alors à exposer les faits.

— Grâce à notre base de données, nous avons pu retrouver la trace de cet Esprit...

L'homme lui montre alors l'écran de sa tablette.

— Cela veut donc dire que...

— Oui, c'est un Mauvais Esprit.

— Est-il possible qu'un Esprit devienne mauvais tout de suite après la mort de la personne ? demande Haesu, étonné.

— Oui, puisque cet homme, de son vivant, était déjà habité par le Mauvais Esprit. Ceci expliquant cela. Figurez-vous que nous le poursuivons depuis plus de trois cents ans et que durant toutes ces années il s'est présenté sous différentes identités.

— Je comprends mieux.

— Il est mort plusieurs fois et nous commençons à connaître son manège.

— Je vois.

Un collaborateur s'approche de M. Jo.

— Monsieur, sommes-nous prêts pour la présentation ?

— Oui, oui, allons-y.

Ils rejoignent une autre salle de réunion. Cette fois-ci, une dizaine de personnes sont assises. Le grand écran de la salle est allumé.

— Commençons, je vous prie.

Le collaborateur se présente devant l'écran.

— Voici l'exposé des différentes étapes de l'enquête. Les faits se sont déroulés à Youngdeungpo, le 19 septembre. Selon le rapport de M. Jung, l'Esprit d'un certain Lee Sang-ryeol n'a pas répondu à l'appel. En soi, c'est déjà frappant, mais plus encore lorsque l'on considère qu'il s'est bouché les oreilles et qu'il a immédiatement détalé, histoire de ne surtout pas permettre au Passeur de renouveler son appel. Preuve en est qu'il connaît parfaitement le protocole. De plus, et sans hésiter, il a coupé par les immeubles, se mêlant ainsi à toute la population. La plupart des Esprits ne s'y risquent pas avant d'être certains d'en être capables. Cela signifie qu'il sait déjà parfaitement passer à travers les corps et qu'il est même habitué à le faire. Le Mauvais Esprit avait déjà pris possession de la personne de Lee Sang-ryeol de son vivant et nous avons pu l'identifier sous le matricule 721543, code *Aknyeong*[*].

Dans un silence pesant, un visage apparaît soudain sur l'écran. Le collaborateur déglutit nerveusement avant de poursuivre :

— Durant toutes ces années, il s'est dissimulé sous une quarantaine d'identités différentes, ce qui signifie pour nous autant d'âmes égarées à retrouver. Malheureusement, à ce stade, nous avons de bonnes raisons de penser qu'il les a anéanties.

M. Jo jette un regard à Haesu qui comprend vite que le cas est plus grave qu'il ne l'avait imaginé.

— Il est donc bien évident que vous ne pouvez pas gérer seul la situation.

— En effet.

---

* Démon, mauvais esprit.

— Donc, si vous deviez le croiser à nouveau, appelez-nous immédiatement en renfort.

— C'est entendu.

L'homme à lunettes continue :

— Retrouvez sa trace et dès que vous avez quelque chose, surtout, prévenez-nous. C'est une priorité.

— Bien.

Le briefing terminé, il retourne à son bureau. Mun-kyu est installé en face de lui.

— J'ai entendu dire que tu es sur un gros coup, lui dit son collègue.

— Comment tu es au courant ?

— Les rumeurs. On ne parle que de ça..., le cas recherché depuis plus de trois cents ans... Un record ! Tu sais, tu as eu du bol de ne pas te faire attaquer.

— Bah, un Passeur est intouchable.

Mun-kyu fixe alors Haesu d'un air pénétrant.

— Il y a cent vingt ans, tu as peut-être oublié ce qui est arrivé à Jung-ouh ?

— Non, je sais, il a perdu un bras.

— Justement, c'est à cause de cette créature.

— Quoi ? C'est lui qui a arraché le bras de Jung-woo ?

Mun-kyu fronce les sourcils.

— Et pour info, c'est aussi lui qui a déchiqueté le dos de Yong-mi.

— C'est pas vrai ?

— Si, si. Tu peux demander à Jung-woo...

Mun-kyu se sert un verre d'eau qu'il boit d'une seule traite tandis que Haesu a le regard perdu dans le vague.

— Qu'est-ce qu'ils t'ont raconté là-haut ?

— Que je devais tout de suite les prévenir si je le croisais à nouveau.

— Bien. Je me remets au boulot, moi.

Mun-kyu met de l'ordre dans ses dossiers et se lève.

— Tiens-moi au courant.

— Pour quoi faire ?

— Pour ta gouverne, des créatures comme ça, j'en ai déjà chopé deux !

— Tu parles... Des Mauvais Esprits âgés d'à peine soixante ans.

— D'accord, mais ça peut faire la différence quand même !

Déboussolé, Haesu jette un coup d'œil à la fenêtre. La matinée brumeuse est à l'image de la situation.

*
* *

Haesu arrive à la maternité. Une femme enceinte et sa petite fille sont assises dans la salle d'attente. La femme a les yeux sur son téléphone tandis que la petite erre dans le couloir. Il consulte l'heure. Au même instant, un brancard entre au bloc.

Les portes se referment. Son téléphone sonne, il entre. Une femme anesthésiée est allongée et le médecin tient un bébé dans ses bras. Le nourrisson est très pâle, ses bras et ses jambes sont inanimés. L'âme du petit être mort est en suspens.

— Maeum, ma chérie, Maeum chérie, coucou, Maeum...

Le bébé ainsi appelé par son prénom, l'âme toute légère vole vers Haesu.

— Petite Maeum, je sais que tu ne peux pas comprendre mais tu es morte ce 20 septembre.

Un frisson lui parcourt le dos. Il se retourne d'un coup et aperçoit Lee Sang-ryeol. Il sort immédiatement une amulette de la poche de sa veste qu'il lance en direction de l'âme du bébé afin qu'elle s'immobilise.

— Allô, monsieur Jo ?

— Haesu, que se passe-t-il ?

— Il est là, je l'ai. Je suis à l'hôpital...

— Nous arrivons tout de suite. Surtout ne le laissez pas s'enfuir.

Il range son portable dans sa poche et s'élance à toute vitesse.

— Lee Sang-ryeol, Lee Sang-ryeol...

En l'interpellant ainsi, il a dans l'idée d'attirer l'Esprit vers lui. Peine perdue. En poursuivant Lee Sang-ryeol, il en conclut qu'il ne sert à rien d'appeler une âme qui a sans doute été engloutie. La créature s'engouffre dans une rame de métro puis dans une autre, en sens inverse. Haesu la suit de près mais elle fend la foule et chaque personne qu'elle traverse ressent le même frisson. Les usagers sont épouvantés. Haesu, parce qu'il évite de traverser les corps, perd du terrain. Les voilà maintenant remontés en surface. Il va pouvoir profiter de la lumière. Il l'attrape par le col quand soudain une lumière absorbe instantanément l'*Aknyeong* qui se volatilise.

12345**6**789101112131415

Du 21 au 22 septembre
Hyesu

Allongée dans le salon, elle se sent beaucoup mieux. Tandis qu'elle s'éveille et s'étire, elle découvre un jeune homme en costume noir assis sur le canapé. Sa mère est installée en face de lui et sa grand-mère a revêtu son costume de *Mudang*.

— Si tu es réveillée, viens voir par là.

— Qui ça ? Moi ?

Elle balaie la pièce du regard. Pas de doute, c'est à elle qu'il s'adresse.

— Oui, toi.

De l'index, il lui fait signe d'avancer. Elle se lève et se dirige vers le canapé.

— Hyesu, voici ton Ange gardien. Tu dois le saluer, déclare la grand-mère.

Elle regarde sa grand-mère, interloquée.

— Sois polie. C'est aussi un Passeur.

— C'est quoi, un Passeur ?

Sa voix tremble et lui, comme gêné, la regarde, bras croisés.

— Est-ce que tu comprends ce qui est en train de se passer ?

— J'allais justement demander qu'on m'explique.

Le jeune homme lève la main pour l'empêcher de parler davantage ; il se tourne alors vers la grand-mère.

— Combien de rituels d'initiation chamanique as-tu déjà organisés ?

— Avec celui-là, ça fait treize, lui répond la grand-mère en baissant le regard.

— Quel est le lien entre elle et toi ?

— C'est ma petite-fille.

Le garçon s'adresse maintenant à la mère.

— Et toi ?

— C'est ma fille.

Puis la grand-mère, très respectueuse, se met à répondre aux questions.

— Selon toi, présente-t-elle des dispositions particulières ?

— Pas que je sache. Je ne pensais pas que ça irait si loin…

— C'est la treizième fois, tu me dis… Sens-tu quelque chose de spécial par rapport aux autres fois ?

— Non, rien.

L'homme change de position sur le canapé.

— Mamie, Mamie… appelle Hyesu à voix basse.

Elle veut comprendre ce qui se passe. Ce type chez elle, qui semble avoir à peu près son âge, sa mère et sa grand-mère à genoux devant lui. Il serait à la fois un Passeur et un Ange gardien… Sa grand-mère lui fait signe de se tenir tranquille ; sa mère lui caresse le dessus de la main et tente de la calmer.

— Qui est ton Ange gardien ? demande le jeune homme à la grand-mère.

— C'est Gusan.

— Ah, je le connais bien, répond-il en tripotant l'accoudoir du canapé, un peu mal à l'aise. Voyons, qui as-tu convoqué à cette initiation ?

La grand-mère se concentre et lui cite les noms, un par un.

— Ah, bien sûr, je les connais aussi.

Des morceaux de tissu et des amulettes sont accrochés un peu partout dans la pièce. Une tête de cochon posée sur la table basse témoigne du déroulement d'un rituel. *Tout ça pour moi ?* se demande Hyesu. Sa mère et sa grand-mère sont assises, en silence. Sa grand-mère n'avait-elle pas dit qu'elle ne présentait aucun don particulier ?

Sa mère finit par lui raconter comment elle s'est évanouie en rentrant du lycée, atteinte par la Grande Fièvre de l'Esprit. Elle lui confirme que ce jeune homme est un Passeur et qu'il est en même temps, désormais, son Ange gardien.

— En tant que Passeur, comment se fait-il que vous vous retrouviez dans un rituel d'initiation ? demande la grand-mère au jeune homme.

— Eh bien, j'avoue que c'est une première. Jeune fille, je vais essayer de comprendre ce qui t'arrive, mais pas de bêtise, parce qu'à la moindre incartade, pfft !, je te fais passer de vie à trépas, direction l'Au-delà !

Hyesu sent toute l'intensité de son regard posé sur elle.

— D'accord, d'accord, répète-t-elle en hochant la tête.

— Lorsque j'ai du neuf, je vous fais signe.

Et il disparaît. L'atmosphère se détend aussitôt. La mère en profite pour étendre ses jambes et la grand-mère pousse un soupir de soulagement.

— Maman, qu'est-ce que ça veut dire tout ça ?

La mère retourne la question à sa propre mère, d'un air accusateur.

— Je ne sais pas, répond la vieille femme. C'est la première fois que je vois ça.

— Je vais mourir ? demande Hyesu.

À cette question, la mère agrippe le bras de sa fille.

— Mais non ! Il n'est pas là pour ça. Ce Passeur, je te le répète, est aussi ton Ange gardien, et rien ne peut t'arriver.

— Je reste en vie, je dois déjà m'estimer heureuse !

— Sache que lorsqu'un Passeur vient chercher quelqu'un, il l'appelle toujours par son nom.

— Tu m'en diras tant.

— Je vais essayer de comprendre. Et toi, garde ton mari en dehors de tout ça, lance la grand-mère à sa fille.

— Bien sûr. Il serait furieux. Au fait, tu es certaine qu'il va être promu cette année ?

— Oui, absolument certaine.

La grand-mère donne alors une petite amulette à sa fille.

— Tu sais où la mettre ?

— Sous les vêtements, c'est ça ?

— C'est ça.

— Une seule ? Ça suffira ?

— Oui. Et juste le mardi.

— Ça marche.

La mère range soigneusement l'amulette dans sa poche.

— Toi, Hyesu, maintenant que tu as un Ange gardien, tu ne dois rien avoir à te reprocher.

Elles commencent alors à ranger le salon et la grand-mère part se changer dans la chambre voisine.

*
* *

Le lendemain, Hyesu papote avec ses copines sur un banc devant le kiosque. Il fait beau, la brise d'automne est légère et l'on peut entendre le bruit des feuilles qui commencent à tomber. Un régiment de fourmis grimpe en colonne serrée sur le tronc de l'arbre voisin.

— Et toi, qu'est-ce que tu as fait hier ? demande Yuri.

— Je sais pas trop… J'ai suivi un rituel d'initiation.

— Quoi ?

— J'ai perdu connaissance lorsque je suis rentrée chez moi, hier...

— Tu aurais dû m'appeler.

— Je viens de te dire que j'étais dans les vapes.

— Il paraît qu'après on peut communiquer avec les Esprits, lance Hyewon, les yeux brillants.

— Oui, il paraît.

— Du coup, ça veut dire qu'un Ange gardien veille sur toi ? poursuit Hyewon.

— Oui.

— C'est quel genre, ton Ange gardien ?

— C'est un Passeur.

— Mais c'est canon, ça ! s'écrient en chœur Minju, Chaewon et Yuri.

Hyewon est au comble de l'excitation.

— Alors les Passeurs existent vraiment ? interroge Minju.

— Il semblerait que oui.

— Il ressemble à quoi ?

Les filles la bombardent de questions.

— Je parie qu'il a le teint livide et qu'il porte un grand chapeau ?

— Désolée de te décevoir, Minju, mais il a l'air tout à fait normal dans son costume noir. L'air d'un lycéen, quoi.

— Il a un grand chapeau, comme dans les séries ?

Chaewon est particulièrement curieuse.

— Non, rien de tout ça, répond Hyesu d'un air détaché.

— Et est-ce qu'il est beau, au moins ? demande Chaewon avec un sourire.

— Bof, il a surtout l'air un peu niais.

Les bras croisés, secouant légèrement la tête... Elle le revoit qui lui demande de se tenir tranquille.

— Il est là ? interroge Hyewon en regardant autour d'elle.

— Non.

— Il n'est pas tout le temps avec toi, alors ?

— On n'est pas scotchés ! En plus, il est parti se renseigner sur un truc.

— Il revient quand ?

— J'en sais rien, mais à l'occasion je ne manquerai pas de te le présenter.

— Ah ça, je veux bien !

Dans un élan, Hyewon prend les mains de Hyesu. Ça oui, comme elle aimerait le rencontrer ! Hyewon est décidément une fille peu banale : un appétit d'ogresse, première de la classe, elle n'a jamais peur de rien !

— Mais, un Passeur, un Ange de la mort, ça peut être en même temps un Ange gardien ? demande Minju.

— Justement, c'est là toute la question. Ma grand-mère, en tout cas, n'a jamais vu ça.

— Ce serait quand même spécial !

— Sans doute, mais je te dis, je suis dans le flou total. Attends deux petites secondes, bouge pas.

Hyesu appelle sa grand-mère. Après plusieurs sonneries, la vieille femme finit par décrocher.

— Hyesu ?

— Oui, mamie, c'est moi. Alors, t'as du neuf?

— J'ai cherché à me renseigner, mais autour de moi personne ne sait quoi en penser.

— Et que t'a dit ton Ange gardien ?

— Bah, il ne répond pas.

— En un mot, il n'en sait pas davantage...

— C'est bien la première fois qu'il met autant de temps à me répondre. Je ne comprends pas. Généralement, au bout de deux ou trois sollicitations, il se manifeste... mais là, silence radio.

— OK. Tiens-moi au courant quand même.

— Et toi, ça va ? Rien à signaler depuis ?

— Non, ça va.

— Pas de fièvre ?

— Non. Mais, mamie...

— Quoi ?

— T'es bien sûre que c'est un Passeur ? Ça pourrait très bien être un Esprit qui se fait passer pour un Passeur, non ?

— Impossible. Tu étais encore inconsciente mais sache qu'il était accompagné de plusieurs autres Passeurs.

— Ah bon ? Du coup, j'ai plusieurs Anges gardiens ?

— Non. Ton Ange gardien est le garçon que tu as vu hier. Mais, j'ignore pourquoi, plusieurs autres sont passés à sa suite, pour repartir très peu de temps après.

Hyesu a vraiment du mal à suivre.

— Je te le garantis, c'est un Passeur, et dorénavant fais attention à ce que tu dis.

— Promis, mamie.

Hyesu raccroche et contemple les herbes au vent.

— C'était ta grand-mère ?

— Oui.

— Qu'est-ce qu'elle a dit ?

— Elle est un peu perdue. Après tout, c'est peut-être à cause de moi... Je dois être un peu bizarre...

— En tout cas, qu'il ait notre âge, ça, c'est plutôt cool ! lance Chaewon. Surtout, n'oublie pas de me le présenter !

— J'y penserai.

La sonnerie retentit, marquant la reprise des cours. Les filles s'élancent vers leur classe et Minju presse Hyesu qui, elle, prend son temps.

— Grouille un peu, tu vas te faire engueuler par le prof.

— T'inquiète. Il est pas là. Sa femme vient d'accoucher.

— Oh ?

— Je te le dis.

— Alors on sèche ? propose Hyewon en pointant le kiosque du menton.

Chaewon approuve immédiatement. Mais Minju la retient par le bras.

— Faut y aller. Ils vont quand même faire l'appel.

— Et mince ! Le pire, c'est que t'as raison.

Ce soir-là, au moment de se coucher, Hyesu se repasse le film de la veille. L'autre prétentieux en costume noir, mal élevé, tutoyant carrément sa grand-mère et coupant la parole à tout le monde... Même si elle reconnaît que ce Passeur, il est plutôt stylé...

L'esprit confus, lovée dans sa couette, elle finit par s'endormir.

123456**7**89101112131415

Le 23 septembre
Haesu

Haesu est à ses dossiers, assis sur sa chaise pivotante, une tasse de thé à la main.

— On m'a dit que tu étais aussi passé Ange gardien, vrai ? lui lance Mun-kyu.

— Il semblerait, oui.

— C'est bien la première fois que je vois ça... un Passeur en même temps qu'un Ange gardien...

Mun-kyu fait rouler sa chaise jusqu'à Haesu.

— J'ai fait des recherches et aucun autre cas, en effet, répond Haesu en tapotant nerveusement le bord de son bureau. Et toi, t'as trouvé quelque chose ?

— Ça se pourrait, répond Mun-kyu en affichant un large sourire.

— Raconte.

— Un Passeur qui devient Ange gardien...

— T'aurais son nom ?

— Jung Haesu et seulement Jung Haesu ! répond, rigolard, Mun-kyu en pointant son ami du doigt.

— C'est pas vrai... !

— Ben, si. Que vas-tu faire ?

— J'en sais rien. J'ai interrogé l'Investigation : ils n'ont jamais entendu parler d'un truc pareil.

— Quel âge a le directeur ?

— Plus de 180 000 ans. T'as qu'à voir...

— Et du coup ?

— En bien, à part tenir mon rôle d'Ange gardien en parallèle...

— Qui est ta *Mudang* ?

— Une gamine.

— Quoi ?

— Oui, parfaitement, une gamine ! Hallucinant, non ?...

— Donc, si je te suis, tu es l'Ange gardien d'une Chamane qui est une ado ? Écoute, ça fait plus de trois cents ans qu'on se connaît...

— Et ?... Qu'est-ce que tu vas encore me raconter comme ânerie ?

— Ben, disons que je comprends mieux maintenant pourquoi tu as toujours préféré rester célibataire !

— T'es dingue ou quoi ? coupe Haesu fermement.

Mun-kyu éclate à nouveau de rire et n'a pas l'intention d'en rester là.

— Attends. Je me souviens qu'il existe un site sur les *Mudangs* et leurs Anges gardiens.

— Ah bon ?

— Ah, voilà. J'y suis. En un simple clic, le site fait matcher Chamanes et Anges gardiens. C'est top, non ? C'est elle, n'est-ce pas ? demande Mun-kyu en lui montrant son écran.

— Oui, c'est bien elle.

— Alors, voyons voir… Elle s'appelle Kang Hyesu, elle a dix-sept ans.

— Je t'ai dit qu'elle était encore au lycée.

— Le nombre de vues… c'est canon, ça !

— Comment ça ?

— Ça ne fait que quelques heures que le post est en ligne et le nombre de vues dépasse déjà les dix millions…

Mun-kyu hallucine.

— Vous êtes le couple de l'année ! plaisante Mun-kyu.

— Ce n'est pas ce que tu crois !

— Moi, quand je sortais avec Hwa-jung, j'arrivais à peine à dix mille vues. À l'époque, j'aurais bien aimé être à ta place !

— Puisque je te dis que ce n'est pas ce que tu crois.

— Oui, oui… le couple de l'année ! répète Mun-kyu pour taquiner son collègue. Si tu veux, je prends ta place.

— Ça m'arrangerait, figure-toi, mais tu sais très bien que ça ne marche pas comme ça.

— Ah, non, vraiment ? Je t'envie, mec… Le plus beau couple…

— Stop !

— Bon, allez, j'arrête, je dois filer.

Mun-kyu retourne à son bureau et Haesu se remet au travail. Son téléphone ne tarde pas à sonner.

— Oui ? Jung Haesu à l'appareil.

— Bonjour, c'est Jo Myung-seok de l'Investigation.

— Oui, bonjour.

— Vous avez un petit moment ? Nous souhaiterions faire le point avec vous.

— Bien entendu, j'arrive tout de suite.

Haesu prend l'ascenseur qui mène au troisième étage. M. Noh, directeur de la Filature, et M. Jo ainsi que certains de ses collaborateurs l'attendent. Haesu les salue.

— Asseyez-vous.

— Alors, comment ça s'est terminé, l'autre jour ? leur demande Haesu en prenant une chaise.

— Il est extrêmement rapide et nous n'avons pas pu lui mettre la main dessus. Sinon, comment allez-vous ?

Haesu se mord la lèvre inférieure tant cette histoire le fait enrager.

— J'ai consulté en détail votre rapport et j'aurais besoin de quelques précisions, dit M. Jo en se rapprochant de Haesu.

— Par où voulez-vous commencer ?

— Peut-être par le moment où vous avez croisé l'*Aknyeong* pour la dernière fois. Nous vous écoutons et vous poserons quelques questions si besoin, lui répond M. Jo en le regardant droit dans les yeux.

— Parfait.

Haesu prend alors la parole.

— Comme je le mentionne, je venais d'arriver à l'hôpital et avais comme mission d'accompagner l'âme d'un bébé.

— L'hôpital de Youngdeungpo ?

— Oui, c'est ça.

— C'était la première fois que vous vous rendiez là-bas ?

— Non. J'y étais déjà allé plusieurs fois pour d'autres missions.

— Cette fois-ci, avez-vous remarqué quelque chose de particulier ?

— En fait, rien de spécial jusqu'à la mort du bébé mais...

— Mais ?

— Au moment où j'ai appelé l'Esprit du bébé, je me souviens d'avoir ressenti comme un frisson et c'est là, tout de suite après, en me retournant, que j'ai vu l'*Aknyeong* qui courait dans le couloir.

— Vous aviez deviné que c'était lui ? demande M. Jo, très intrigué.

— Non, je n'en savais rien. Mais sachant qu'il était dans le secteur, j'étais en alerte et c'est pour ça que j'ai eu l'idée de me retourner.

M. Noh l'écoute très attentivement tandis que M. Jo jette un coup d'œil à sa tablette.

— C'est à ce moment-là que vous avez commencé à le prendre en chasse ?

— Tout à fait.

— Nous avons étudié son parcours et, effectivement, il n'a pas hésité à traverser des endroits très fréquentés ; le métro, par exemple.

— Oui, vous avez vu ça...

— Vous avez presque réussi à l'attraper, je crois ? interroge M. Jo avec une certaine pointe d'admiration.

— C'est exact, il s'en est fallu de peu mais il m'a tout de même échappé. Si ça ne s'est pas passé comme cela aurait dû, c'est que...

M. Noh, resté silencieux jusqu'alors, s'approche de Haesu et prend la parole :

— Justement, nous y venons... C'est aussi pour cela que je voulais vous voir.

— Vous voulez parler de ce rituel d'initiation... lance Haesu, les dents serrées, en maudissant cette gamine en son for intérieur.

Dire que sans elle, il aurait attrapé l'*Aknyeong*. Haesu reprend néanmoins ses esprits pour s'adresser calmement à M. Noh :

— Au moment où j'allais le capturer, l'*Aknyeong* est soudainement remonté dans le Monde d'en haut. Je l'ai suivi et j'ai vu la lumière d'appel pour un Ange gardien. Lui s'est échappé par cette lumière et moi, elle m'a absorbé pour me diriger vers un rituel d'initiation...

— Aviez-vous déjà traversé la lumière ? lui demande M. Jo.

— Non, jamais.

— Jusqu'alors, en passant à côté de cette lumière, ressentiez-vous une attraction particulière ?

— Non, et si j'avais senti quoi que ce soit, vous pensez bien que j'aurais évité de passer à côté.

— Les Passeurs ne pénètrent pas le Monde des hommes et, vous connaissant, je suis certain que si vous aviez ressenti un tel appel, vous auriez tout fait pour ne pas y répondre.

— Merci de votre confiance, M. Noh.

— Sinon, vous avez eu des explications de votre côté ?

— Pas vraiment. Les agents poursuivent leurs recherches mais n'ont a priori jamais entendu parler d'un cas comme le mien.

M. Noh, le menton calé entre ses mains, réfléchit un moment.

— Si vous voulez mon avis, ce n'est pas un hasard si vous êtes aussi passé Ange gardien… Bon, en tout cas, si vous avez du neuf, appelez-moi.

— C'est compris.

— J'ignore pourquoi l'*Aknyeong* tourne comme ça autour de la gamine, s'interroge M. Jo.

Puis, en se tournant vers ses collaborateurs :

— Haesu doit tout savoir sur cet *Aknyeong* ; faites-lui suivre tout le dossier, s'il vous plaît.

— Bien, monsieur.

M. Noh s'adresse de nouveau à Haesu :

— Comme vous l'avez sans doute compris, cet *Aknyeong* est différent des autres. Pour votre gouverne, il a attaqué plusieurs Passeurs par le passé. Donc, si vous le croisez à nouveau, gardez vos distances et appelez-nous immédiatement.

— Bien.

— Et ne vous inquiétez pas, votre supérieur est au courant de la collaboration de nos deux services.

— Entendu, monsieur.

En sortant, Haesu prend cette fois l'escalier, histoire de se détendre un peu. Sur son bureau, le dossier de l'*Aknyeong* l'attend.

Rapport n° 1

Nom : inconnu.
Surnom : *Aknyeong*.
Date de naissance : inconnue. A priori, sous la dynastie Joseon. Né d'un père agriculteur dans le Jirisan*.
Date de décès : inconnue.
Cause du décès : mort à la suite d'une chute.
Catégorie : assassin.
Observations :

A) Liste des crimes

Le 25 mars 1567 à 4 heures. Victime : Oh. Cause du décès : meurtre (hémorragie). Lieu : Jirisan (toujours le même lieu par la suite).
Le 15 mai 1567 à 2 heures. Victime : Go. Cause du décès : meurtre (hémorragie).
Le 8 septembre 1568 à 1 heure. Victime : Yeuk. Cause du décès : meurtre (hémorragie).
Le 11 avril 1569 à 10 heures. Victime : Nah. Cause du décès : meurtre (hémorragie).

* Second plus haut sommet de la Corée du Sud (1 915 mètres).

Le 2 août 1570 à 5 heures. Victime : Kou. Cause du décès : meurtre (hémorragie).
Le 25 août 1570. Victime : Kim. Cause du décès : meurtre (hémorragie).
Le 29 juillet 1580. Victime : Lee. Cause du décès : meurtre (hémorragie).
À noter : s'attaque aux humains. Vraisemblablement devenu un Mauvais Esprit.

B) Enfance

À cette époque, les agriculteurs louent souvent leurs terres à de riches propriétaires. Quand ces derniers refusent, ils sont obligés de monter en altitude pour cultiver sur de petites parcelles peu fertiles. Ils doivent donc souvent changer de terrain. C'est vraisemblablement le cas des parents de l'*Aknyeong*. Sa famille est à nouveau sur le point de déménager mais sa mère va bientôt accoucher. Le père laisse sa femme pour partir en éclaireur et cette dernière accouche seule dans un gîte et succombe à une hémorragie. Le bébé survit en buvant le sang de sa mère. Mais des loups attirés par l'odeur ne tardent pas à la dévorer et le nouveau-né est recueilli, nourri et élevé par la meute. Il perd bientôt toute faculté à communiquer, apprenant à hurler avec les loups pour devenir un véritable animal sauvage.

C) Suite

Les loups finissent par le rejeter et il commence à vivre seul. Il cache ses proies dans la montagne, à l'intérieur d'une grotte. Un jour, il attaque un homme qui s'est égaré et le dévore. À partir de là, il devient totalement dépendant à la chair et au sang humain. Dans les villages alentour, on parle d'un chasseur d'hommes. Les villageois, munis d'arcs et de couteaux tranchants, décident de le tuer. Ils le pourchassent jusqu'au bout d'un des sentiers de la montagne. Acculé, il n'aurait eu d'autre choix que de sauter du haut de la falaise si un Passeur n'était pas arrivé. Malheureusement, ce dernier n'a jamais pu l'emmener : il n'a pas pu l'appeler par son nom pour la bonne raison qu'il n'en a pas. Il disparaît alors pour devenir un *Aknyeong*.

Rapport n° 2

Nom : Beon Ku-an.
Date de naissance : 19 mars 1858.
Date de décès : 2 octobre 1898.
Cause du décès : noyade.
Catégorie : assassin.
Observations :

A) Liste des crimes

Le 11 mars 1889 à 1 heure. Victime : Lee. Cause du décès : meurtre (étranglement). Lieu : Uljin* (toujours le même lieu pour la suite).
Le 25 juillet 1891 à 10 heures. Victime : Ban. Cause du décès : meurtre (étranglement).
Le 18 février 1893 à 5 heures. Victime : Oh. Cause du décès : meurtre (étranglement).

* Ville au bord de la mer, sur la côte ouest de la Corée.

Le 15 juin 1895 à 8 heures. Victime : Park. Cause du décès : meurtre (étranglement).
Le 2 octobre 1989 à 3 heures. Victime : Ha. Cause du décès : meurtre (étranglement).
À noter : connu de tous pour sa gentillesse. A vraisemblablement été envoûté par l'*Aknyeong* lors du meurtre de sa première épouse. En prenant conscience de son geste, il est devenu fou ; l'*Aknyeong* a donc pu s'emparer de lui très facilement.

B) Enfance

Ku-an passe son enfance à Uljin avec sa mère. Connu au village pour être un garçon exemplaire et d'un naturel timide, il est un enfant plutôt solitaire. Pour ramener de l'argent, il part pêcher par tous les temps. Après la mort de sa mère, il vit seul dans une cabane sur la plage. Un ancien du village, ayant pitié de lui, décide de lui présenter une jeune fille. Ku-an se marie. Il travaille dur, aussi attentionné pour son épouse qu'il l'a été pour sa mère.

C) Suite

Un jour, un villageois le trouve assis, seul sur la plage. Les larmes aux yeux, Ku-an lui confie que sa femme l'a quitté, ne supportant plus toute cette misère. Les villageois lui présentent alors une seconde femme avec qui il se remarie. Là, il disparaît quelque temps. Les habitants, partis à sa recherche, le trouvent finalement à sa cabane, anéanti, n'ayant rien mangé depuis plusieurs jours. Sa seconde épouse l'a quitté pour un marchand rencontré au marché. Tous sont bien tristes pour ce pauvre Ku-an qui finit toujours tout seul. En réalité, Ku-an assassine ses épouses les unes après les autres, jetant leur corps à la mer pour les faire définitivement disparaître. Les villageois, incapables d'imaginer un tel scénario, continuent de se lamenter sur le sort du malheureux Ku-an. Lorsqu'il prend la mer pour se débarrasser de sa cinquième femme, il fait naufrage dans la tempête. Le Passeur n'a jamais pu le ramener.

Rapport n° 3

Nom : Choi Kyung-won.
Date de naissance : 18 septembre 1902.
Date de décès : 20 juillet 1950.
Cause du décès : fusillade.
Catégorie : assassin.
Observations :

A) Liste des crimes

Le 13 avril 1927 à 9 heures. Victime : Kim. Cause du décès : meurtre (coup de couteau). Lieu : Gunsan* (toujours le même lieu par la suite).
Le 8 mars 1930 à 11 heures. Victime : Kim. Cause du décès : meurtre (hémorragie).
Le 23 octobre 1938 à 1 heure. Victime : Lee. Cause du décès : meurtre (coup de couteau).
Le 3 septembre 1944 à 4 heures. Victime : Jung. Cause du décès : meurtre (hémorragie).

* Ville au bord de la mer, sur la côte ouest de la Corée.

Le 22 décembre 1949 à 5 heures. Victime : Won. Cause du décès : meurtre (noyade).
À noter : quand le Passeur arrive sur le lieu du drame, l'*Aknyeong* prend possession de Choi Kyung-won et s'enfuit, profitant de la confusion.

B) Enfance
Avril 1945, fin de la Seconde Guerre mondiale, occupation japonaise*. Choi Kyung-won est coréen mais collabore avec la police japonaise et n'hésite pas à torturer les siens.

C) Suite
À la libération, Choi Kyung-won se ravise et intègre la police coréenne. En 1950, début de la guerre de Corée**. La nuit du 25 juin, les troupes nord-coréennes lancent une offensive sur Gunsan et déciment la population. Les cadavres jonchent le sol, l'odeur de sang est partout, les corbeaux affluent en nombre, assombrissant le ciel. C'est l'enfer de la guerre. Kyung-won parvient à s'enfuir pour être finalement rattrapé et abattu.

---

* Le 15 août 1945, la Corée est libérée de l'emprise japonaise mais ne retrouve pas son indépendance pour autant. De nombreuses femmes et filles sont transformées en prostituées. Beaucoup de Coréens sont également placés dans des mines dangereuses. Par ailleurs, durant cette terrible période de colonisation, les Japonais développent énormément la Corée à leur profit.
** La guerre de Corée, entamée en 1950, oppose les forces de la Corée du Nord, communiste, aidée par la Chine et l'URSS, aux forces de la Corée du Sud, atlantiste, soutenue par les États-Unis, les puissances du bloc de l'Ouest et l'ONU.

Rapport n° 4

Nom : Lee Sang-ryeol.
Date et lieu de naissance : 23 février 1974, Busan.
Date de décès : 19 septembre 2019.
Cause du décès : accident de voiture.
Catégorie : assassin.
Observations :

A) Liste des crimes
Le 14 avril 2014 à 7 h 10. Victime : Jung Soon-ja. Cause du décès : meurtre (hémorragie).
Le 22 août 2014 à 23 h 50. Victime : Park Cheol-ho. Cause du décès : meurtre (chute).
Le 17 mars 2015 à 2 h 19. Victime : Han Mal-soon. Cause du décès : meurtre (étranglement).
Le 5 septembre 2016 à 22 h 45. Victime : Jung Ho-sik. Cause du décès : meurtre (coup de couteau).
Le 18 septembre 2019 à 23 h 59. Victime : Jung Min-ae. Cause du décès : meurtre (hémorragie).
À noter : probablement absorbé par l'*Aknyeong* de son vivant.

Haesu est abasourdi.
Son téléphone sonne. C'est à nouveau l'Investigation.

1234567**8**9101112131415

Le 24 septembre
Hyesu

Hyesu est à table avec ses copines.

— Alors, il est pas là, ton petit copain ? lui demande Hyewon.

— Arrête !

Minju regarde Hyewon d'un air inquiet. Quant à Chaewon et Yuri, elles balaient le réfectoire du regard, pas plus rassurées que ça à l'idée qu'un Passeur rôde peut-être dans les parages.

— Je te dis que ce n'est pas mon petit copain, répond Hyesu, agacée.

Hyewon persiste et signe.

— Tu nous as pas dit que c'était ton Ange gardien ?

— Si.

— Alors, normalement, il t'accompagne partout, te protège et t'aide à lire l'avenir ! C'est ça, non ?

— C'est plus compliqué.

— Hyewon, tu me fais flipper, avoue Yuri en agrippant le bras de sa camarade.

— Ce n'est pas ce que tu crois, Hyewon, explique Hyesu. Regarde : disons que le bol de riz, c'est le monde réel, celui dans lequel nous vivons, et le bol de soupe, l'autre monde, celui des Esprits.

Les filles se concentrent sur la démonstration de leur camarade.

— L'avenir peut être vu de là-haut et avec un Passeur-Ange gardien, le truc, c'est que ce sera encore plus précis !

— Il fait le lien entre les deux mondes ?

— Absolument.

Hyewon semble déçue.

— Il n'est pas tout le temps avec toi ?

— Non, répète sèchement Hyesu.

Mais cette tête de bois de Hyewon ne semble toujours pas convaincue.

— Je parie que tu dis ça parce qu'en fait tu ne veux pas nous dire qu'il est là !

L'insistance de Hyewon commence à faire paniquer les autres filles. Indifférente, Hyesu entame tranquillement sa soupe.

— Non, il n'est pas là. On ne s'est pas revus depuis l'autre jour.

— C'est nul !

— Tu sais quoi ? La prochaine fois, je lui dirai que j'ai une copine qui veut faire sa connaissance. Comme tu as l'air de fantasmer, je lui suggérerai, si tu lui plais, d'être aussi ton Ange gardien. Ça te va ?

— Oui, c'est ça... T'as mon adresse au moins ? dit Hyewon en souriant.

Les autres filles demandent maintenant à Hyewon de lâcher l'affaire mais rien n'y fait, elle insiste.

— Et là, tout de suite, tu pourrais l'appeler ?

— Il faut organiser un rituel particulier mais oui, je pourrais.

— Alors pourquoi ne pas essayer, un de ces quatre ? se réjouit Hyewon.

— Non.

— Pourquoi non ?

— Parce que je ne l'ai jamais fait et que je ne sais pas comment faire ! répond Hyesu, quelque peu désemparée.

— Ah bon ?

— Lorsque je l'ai rencontré, il avait l'air plutôt sympa, mais si je l'appelle comme ça, sans raison, pas sûre qu'il apprécie... Et j'ai pas trop envie de jouer avec les humeurs d'un Passeur, si tu vois ce que je veux dire...

Hyesu se rappelle le regard froid du Passeur, ça lui coupe net l'appétit. Hyewon lui chuchote à l'oreille :

— Je te l'accorde, avec un Passeur, y a de quoi flipper...

— Parfaitement. Pour l'instant, comme il me l'a demandé, je me tiens tranquille.

— Tu as raison. Mais c'est quand même dommage que je ne puisse pas faire sa connaissance !

— Mais, dis, où vont les filles ? s'étonne Hyewon.

— Comment ça ?

Hyesu voit ses amies sortir précipitamment du réfectoire.

— C'est à cause de toi, dit Hyesu, énervée.

— À cause de moi ?

Feignant de ne pas comprendre, Hyewon se met à piquer la salade de pousses de soja dans l'assiette de sa camarade.

— Tu ne manges pas ?

— Non.

Hyewon avale tout le reste du plateau. Hyesu, elle, veut comprendre : pourquoi n'a-t-elle pas plus de nouvelles de son Ange gardien ?

— Bon alors, tu fais quoi ? On y va ? demande Hyewon, le ventre plein.

Hyesu sait que son amie n'est pas encore rassasiée. Elle en profite :

— Ça te dirait de terminer sur un *tteokbokki** ?

— Tu veux parler du *tteokbokki* bien piquant, devant le marché ?

— Absolument !

— Tu penses ! Sûr que ça me dit !

Elles rejoignent leurs copines et le petit groupe se met en route. L'endroit est le point de rencontre des lycéens. Il y a un monde fou. Hyewon se fraie un passage.

— Bravo, Hyewon ! T'as réussi à nous dégoter une table !

---

* Gâteau moelleux à base de pâte de riz et servi dans une sauce piquante.

— C'est pas le tout. Dépêchez-vous, les filles, ça va être trop cuit !

Hyewon se sert et commence à déguster. Hyesu attrape à son tour un morceau qu'elle trempe dans la sauce piquante. Le piment lui emporte le palais. Elle boit une gorgée pour l'apaiser quand elle entend le Passeur qui l'interpelle vivement.

— Qu'est-ce que tu fabriques ?!

Le ton est sec. Il est campé là, bras croisés, et n'a pas l'air content du tout.

— Moi ?

— Oui, toi. Que fais-tu ?

— Je mange du *tteokbokki*, pourquoi ?

Les filles sont sidérées de voir Hyesu se mettre à parler toute seule.

— Hyesu ? Qu'est-ce qui t'arrive ? lui demandent-elles.

Le Passeur les ignore et pointe son doigt.

— C'est ça, le *tteokbokki* ?

— Oui, répond Hyesu, la bouche pleine.

Le Passeur se fige en serrant les poings.

— Oh là là !

— Quoi ?

Le Passeur est tout rouge. *Il est en colère, mais pourquoi ?* se demande Hyesu.

— Ça ne va pas, de manger un truc pareil ? lui crie-t-il.

Hyewon décide alors de s'en mêler.

— Eh, Hyesu, c'est lui ? Il est là ?

Le Passeur jette un regard appuyé sur Hyewon.

— C'est qui, elle ?

Hyesu sent que la situation est en train de dégénérer. Elle se lève.

— Heu... je dois aller aux toilettes.

Sans répondre, Hyesu sort du restaurant. Elle sait que le Passeur va lui emboîter le pas. Elle s'arrête un peu à l'écart, au niveau de l'entrée.

— Vous ne pouvez pas débouler comme ça sans prévenir !

Le Passeur la fixe d'un air innocent.

— Mais les autres ne me voient pas !

— Sauf qu'on va finir par me prendre pour une folle à parler comme ça toute seule !

— Ah oui... évidemment...

Hyesu est furieuse et le Passeur, un peu confus.

— On vous apprend quoi là-haut ? lui lance-t-elle, en colère.

Le Passeur réplique.

— Tout ça, c'est à cause de ce truc bizarre !

— Bizarre ? Je regrette, c'est juste du *tteokbokki*.

— Figure-toi que brutalement j'ai eu la bouche en feu ! J'arrive et je te trouve en train de manger ce machin... Bon sang, j'en crache encore des flammes !

Le Passeur entrouvre la bouche et s'évente d'un geste de la main.

— Vous n'avez jamais mangé de plat épicé ou quoi ?

— Désolé, mais de mon vivant j'avais l'habitude de manger de l'ail et des épices mais pas cette drôle de chose rouge...

— Drôle de chose rouge ? Voyons, c'est du piment... Vous n'en avez jamais goûté ?

— Eh bien, non ! À l'époque, ça n'existait pas ! Bon maintenant, tu arrêtes et tu rentres chez toi. Je dois y aller.

— Non, mais...

Et il disparaît. *Décidément, quel naze, ce type !* Elle lui aurait bien posé quelques questions au passage. Elle regagne la salle de restaurant. Les filles la regardent, inquiètes.

— Hyesu, tout à l'heure...

— Oui, c'était bien le Passeur.

— Oh, mon Dieu ! s'exclament en chœur Minju et Chaewon.

— Et il est toujours là ? demande Minju en zieutant tout autour d'elle.

— Non.

— T'es sûre ?

Hyewon, elle, semble déçue.

— Pourquoi est-il venu ? s'interroge Yuri.

— C'est à cause du *tteokbokki*.

— Pardon ?

— Oui, tu as bien entendu, à cause du *tteokbokki*.

— Et c'est quoi, le problème ?

— Quand je mange du *tteokbokki*, ça lui emporte la bouche. Il m'a demandé d'arrêter.

— Quoi ?

Les filles sont perplexes. Hyewon éclate de rire.

— Mais c'est quoi, ce délire ?

— Tu l'as dit. Il commence sérieusement à me gonfler !

— Du coup, fini pour toi, le *tteokbokki* ! Mmm... mais c'est une bonne nouvelle pour moi, ça ! se réjouit la vorace Hyewon.

Elle tend le bras pour se servir une nouvelle portion* de *tteokbokki*. Hyesu intercepte son geste et dirige la cuillère vers sa bouche.

— Qui a dit que je ne devais plus manger de *tteokbokki* ?

— D'accord... mais si le Passeur revient ?

— Je bois une bonne gorgée. Et hop, il n'y verra que du feu !

En effet, le Passeur ne réapparaît pas.

Lui reviennent alors les paroles de sa grand-mère : « Avec un Ange gardien, tu ne peux plus faire tout ce que tu veux. » D'accord, mais de là à être privée de *tteokbokki* ! Et puis, comment se fait-il qu'il ressente le goût de ce qu'elle mange ?

Le soir, elle pose un verre de lait sur son bureau et sort une brochette de poulet, achetée à l'épicerie d'en bas. *Hmmm, voilà qui sent bon le piment !* Un petit pot de sauce piquante est placé à côté. Elle ouvre la boîte et les larmes lui montent instantanément aux yeux. Elle sauce avec sa brochette. Une bouffée de chaleur l'envahit, la tête lui en tournerait presque !

* En Corée, un gril est incorporé au milieu des tables.

— Hé, toi !

Elle reconnaît la voix du Passeur et s'enfile une grande gorgée de lait. La brûlure s'éloigne malgré les gouttes de sueur qui perlent le long de son dos.

— Je t'avais demandé d'arrêter de manger ces cochonneries !

Le Passeur est furieux mais Hyesu ne se démonte pas.

— Vous voulez dire du *tteokbokki* ?

— Oui, c'est ça !

— Mais ce n'est pas du *tteokbokki*, ça !

— Et c'est quoi alors ?

— Ça, c'est une brochette de poulet !

— Tu as forcément mis quelque chose dessus !

— J'ai juste mis de la sauce.

Elle lui montre alors le petit sachet de sauce piquante. Il recule.

— Ça a encore l'air pas net, ça...

Hyesu fait semblant de ne pas comprendre.

— Mais non, je vous assure.

— Arrête, c'est trop épicé, lui ordonne le Passeur en se bouchant le nez.

— Mais il y a tout de même quelque chose que je ne comprends pas : pourquoi vous ressentez le goût de ce que je mange ?

— Tu dois savoir une chose : la chamane et son Ange gardien sont intimement liés. Autrement dit, je ressens tout ce que tu ressens.

— Je comprends mieux. Pour autant, est-ce que ça vous autorise à me donner des ordres comme ça ?

Elle continue de saucer avec sa brochette.

— Tu vas arrêter, oui !

— Sauf que moi, j'adore les plats bien relevés !

— Il faudra t'en passer !

— Voilà, c'est ce que je dis, des ordres !

— Attends... attends... Temps mort, tu veux bien ? On reprend tout depuis le début.

Elle repose la brochette. Le Passeur se tient debout, face à son bureau.

— D'accord. Alors je me présente. Je m'appelle Kang Hyesu.

— Je sais. Tu t'appelles Kang Hyesu, tu es née le 9 août et tu es en première au lycée Seun-jung.

— Vous en savez, des choses ! lui répond-elle, étonnée mais plutôt fière qu'il s'intéresse à elle. Pour ma part, je ne sais pas grand-chose à votre sujet, poursuit Hyesu avec aplomb.

— Que veux-tu savoir ?

— Comment vous vous appelez, c'est le minimum.

— Je m'appelle Jung Haesu.

— Quel âge avez-vous ?

— Je suis mort il y a sept cent vingt ans.

— ... Sept cent vingt ans... Attendez... Ça veut dire que vous viviez au temps du royaume de Goryeo* ? Vous

---

* Le royaume de Goryeo est l'État qui a occupé toute la superficie de la péninsule de Corée du début du Xe siècle à la fin du XIVe siècle (918-1392). Pendant quatre siècles, les arts et le commerce font la richesse de la Corée et le bouddhisme prend une très grande place. La capitale est alors Gaegyeong, aujourd'hui Kaesong, en Corée du Nord.

pourriez donc être mon arrière-arrière-arrière-arrière-grand-père ?

Haesu est tellement plus âgé qu'elle !

— Oui, c'est ça. Donc un peu de respect, jeune fille, lui dit-il en souriant.

Il commence à se détendre, dirait-on.

— Vous n'avez pourtant pas l'air si vieux ! Je vous aurais donné le même âge que moi.

— C'est parce que je suis mort jeune. J'avais dix-sept ans, comme toi.

— Je comprends mieux... De quoi êtes-vous mort ?

— Je ne me souviens plus... C'est si loin... Ça t'intéresse vraiment ?

— Oui et non. Je voudrais surtout savoir si vous allez venir m'enquiquiner comme ça à chaque fois que je mange un plat épicé !

Le Passeur n'apprécie pas l'insolence de Hyesu.

— Ça te fait rire ?

Qu'à cela ne tienne ! Hyesu approche la brochette de sa bouche. Le Passeur agite les mains en l'air.

— Très bien, très bien. Réglons ça par le dialogue.

— Ça me va, déclare-t-elle dans un sourire, en reposant à nouveau la brochette.

— Tu sais, tu mériterais que je te fasse passer de vie à trépas !

Il a l'air presque sérieux.

— Pas possible, vous n'avez pas mon dossier.

— Soit.

— À quel moment recevez-vous vos ordres de mission ?

— Tous les matins, en arrivant au bureau.

— Et avant cela, aucune info ?

— Avant cela, j'ignore absolument tout.

— Ah bon ?...

Hyesu comprend que le Passeur obéit à un protocole très strict. Il ne fait pas ce qu'il veut, et ça, c'est plutôt rassurant.

— C'est bon, tu as terminé avec tes questions ? Je peux y aller ?

— Attendez. Vous m'aviez dit que vous alliez vous renseigner sur ce qui se passe. Vous avez du nouveau ?

— Non, pas encore, répond-il d'un ton agacé.

— Ah bon ?

— On m'a simplement confirmé que c'est la première fois qu'un Passeur se retrouve en même temps Ange gardien d'une chamane.

— Et moi, je fais quoi, alors ?

— Comment ça ?

— J'ai suivi une initiation mais je suis tout de même une drôle de *Mudang* ! Une *Mudang* qui, lorsqu'elle convoque son Ange gardien, voit apparaître un Passeur...

Il reste sans voix.

— Tu es encore trop jeune pour toutes ces choses. Ta priorité pour le moment, c'est de bien travailler en classe. Et sache que l'acuité avec laquelle tu lis l'avenir ne dépend que de toi. En tant qu'Ange gardien, j'ouvre juste la voie à la vision et souviens-toi enfin que je n'ai aucune influence sur les choses d'ici-bas. Bon, allez, je n'ai pas que ça à faire. À plus tard. Et surtout, arrête avec le piment !

— Et je fais comment pour vous appeler ?

— Pourquoi voudrais-tu m'appeler ?

— Si j'ai des questions, par exemple… je ne vais tout de même pas vous téléphoner !

— Je ne sais pas. Demande à ta grand-mère…

— Est-ce que vous apparaissez si j'éteins une bougie par exemple ?

— Ça va, on n'est pas dans *Goblin*[*] !

— Et si je frotte une lampe ?

— Je suis pas le génie d'Aladdin non plus !

— Si je vous appelle à minuit dans un cimetière ?

— N'importe quoi…

— Alors, dites-moi comment on appelle un Passeur ?

— Je n'en sais fichtrement rien ! Trouve quelqu'un qui va mourir dans la journée et demande-lui de me passer le message… Ça suffit. Je m'en vais.

Il disparaît.

Hyesu appelle aussitôt sa grand-mère.

— Allô, Mamie, c'est Hyesu.

— Ma chérie ? Comment vas-tu ?

— Super. Il est venu me voir !

— Le Passeur ? demande la vieille femme, étonnée.

— Mais oui, Mamie !

---

* *Goblin* est une série télévisée fantastique et romantique racontant l'histoire d'une lycéenne, d'un Passeur et d'un *Goblin* immortel qui cherche son épouse, seule capable de mettre fin à son existence. Dans cette série, la lycéenne peut appeler le *Goblin* en éteignant une bougie.

— Très bien, ma chérie.

— Dis-moi, Mamie, je voulais savoir, comment fais-tu pour appeler ton Ange gardien ?

— C'est toujours assez particulier. En fait, je prie de tout mon cœur et il répond.

— Oui, mais concrètement, tu fais comment ?

— Ça ne se fait pas comme ça. Il faut un peu d'expérience.

— Explique.

— On verra ça ensemble, lorsque je passerai te voir, lâche la grand-mère.

— Et tu viens quand ?

— La semaine prochaine. D'ici là, j'ai des choses à faire.

— Ça marche.

Une semaine, c'est tout de même long ! Une idée lui traverse l'esprit.

Dans la cuisine, la vaisselle est méticuleusement rangée sur l'égouttoir. Personne. Elle éteint le plafonnier pour allumer une bougie. Zut, pas de briquet : sa mère ne fume pas. Quant à la plaque chauffante : elle est à induction. Elle finit par trouver une boîte d'allumettes dans un des tiroirs. Pas de chance, elle contient des bougies d'anniversaire, et elles sont électriques !

Elle retourne dans sa chambre et se met à chercher sur internet la façon dont les *Mudangs* convoquent leur Ange gardien. Rien sur le sujet, si ce n'est des trucs farfelus dans des *webtoons*. Elle finit par tomber sur un site de magie qui reprend à peu de chose près les instructions que Hyewon avait dénichées de son côté.

Il faut diluer une goutte de sang dans un verre d'eau.

Ni une ni deux, elle se pique le bout du doigt. *Brrr!* Dans un faisceau de lumière, une énorme araignée apparaît. L'animal tisse sa toile au plafond puis s'immobilise. Elle s'y est sans doute mal prise. Elle verse à nouveau une goutte de sang en la diluant beaucoup plus lentement cette fois-ci. Là, une nouvelle étincelle, plus brillante que la première, presque aveuglante, d'où sort un gros rat qui s'enfuit en passant à travers le mur de sa chambre, réapparaît et s'immobilise. Elle a très peur, elle décide néanmoins de continuer en utilisant une troisième goutte de sang sans la diluer.

Une forme blanche se détache alors d'un halo de lumière.

— Vous m'avez appelé ? Je me présente, Gérard.

Un homme en costume blanc, chaussures assorties et cheveux gominés, se tient devant elle.

— J'ai voulu appeler quelqu'un d'autre. Je suis désolée.

L'homme paraît vexé mais retrouve vite le sourire.

— Pas de problème, moi, c'est Gérard.

— Oui, d'accord, très honorée, mais ce n'est pas vous que je voulais convoquer.

De fait, ce Gérard ressemble à un Ange gardien mais il n'écoute rien de ce qu'elle lui dit et répète toujours le même refrain. Et puis c'est quoi, ces indications que lui a trouvées Hyewon ?

— Eh, vous, l'Ange gardien...

— Tu m'acceptes alors ? Tu ne le regretteras pas, tu verras, dit-il en se passant la main dans les cheveux. Je peux t'accorder tout ce que tu veux, tu sais ! répond-il d'une voix mielleuse.

Au même moment, il reçoit un coup derrière la tête.

— Aïe, mais c'est quoi ?

Il se retourne, en colère.

— Oh, pardon, un Passeur, dit-il en s'inclinant.

— Qui es-tu ?

— Je suis Noh Kihan, le stagiaire. Très honoré de faire votre connaissance. C'est elle, votre...

— C'est bon, fous-moi le camp, fait Haesu d'un geste de la main.

Gérard ne demande pas son reste et disparaît dans un vacarme épouvantable.

Au fond, tant bien que mal, elle a réussi à appeler son Passeur... même si ce dernier a l'air furieux.

— Ne crois pas que je réponde à ton appel.

— Alors, pourquoi êtes-vous là ?

— D'une part, je lis dans tes pensées. D'autre part, j'ai commencé à ne pas me sentir dans mon assiette... Alors j'ai jeté un coup d'œil à ce que tu étais en train de faire et là, bien sûr, c'est encore n'importe quoi ! Tu peux m'expliquer, s'il te plaît ?

— Eh bien...

— Je t'écoute.

— Euh... une araignée...

— Quoi d'autre ?

— ... Un rat.

— Et ?...

— C'est tout...

— Au bout de seulement trois tentatives, je dois reconnaître que tu as un certain talent !

À ces mots, le Passeur claque des doigts. L'araignée et le rat disparaissent tous deux dans un jet de lumière.

— Tu sais ce que c'est, ça ? demande-t-il en brandissant la feuille de notes de Hyewon.

— Non ?

— C'est la formule qui sert à convoquer les Mauvais Esprits !

— Quoi ?!

— Tu es tout juste initiée, alors ne sont apparus que les moins dangereux. Mais sache que ça aurait pu être bien pire !

— Ah bon ?

Comme dans le grand huit, son cœur s'emballe et elle ne sent plus ses jambes.

— Tu as déjà vu quelqu'un appeler son Ange gardien avec cette formule ?

— Non, lui répond-elle à voix basse.

— Que t'a dit ta grand-mère ?

— Qu'elle passerait la semaine prochaine...

Hyesu est dans ses petits souliers.

— Alors tiens-toi à carreau jusque-là ! lui crie-t-il.

— Mais vous m'aviez dit que je pouvais vous appeler en cas de besoin.

— Débrouille-toi toute seule !

— Si je suis blessée ou s'il m'arrive quelque chose, comment vous le saurez ?

— Je ressens à peu près tout ce que tu ressens, donc...

— Nous pourrions tout de même décider d'un code, non ?

— Pardon ?

— Nous pourrions convenir d'un truc : si je mords mon petit doigt, vous apparaissez.

— Bon, si tu veux.

Cette idée ne l'emballe pas plus que ça. Mais bon, il est pressé d'en finir et accepte avant de disparaître.

Hyesu envoie illico un texto à Hyewon.

Hyesu : Où as-tu trouvé cette formule ?

Hyewon : Pourquoi ? Ça a marché ?

Hyesu : Des trucs chelous sont apparus.

Hyewon : Comme quoi ?

Hyesu : Pas envie de te raconter.

Hyewon : Donc ça marche ! Je vais essayer aussi.

Hyesu : Surtout pas ! Ça fait apparaître les Mauvais Esprits !

Hyewon : Alors tu es entrée en contact avec des démons ?

Hyesu : Non, mais un mec craignos.

Hyewon : Et ?

Hyesu : Le Passeur est venu m'en débarrasser.

Hyewon : Il veille sur toi ! C'est trop chou !

Hyesu décide de mettre fin à la conversation avant que Hyewon commence à délirer. Allongée sur son lit, elle lève la main et regarde son petit doigt.

Un Passeur, plutôt beau gosse, veille sur elle, ce qui n'est pas pour lui déplaire.

12345678**9**101112131415

Le 25 septembre
Haesu

Un petit matin d'automne. Le vent pousse doucement les nuages. Il ferme la fenêtre, tire les rideaux, éteint son ordinateur et balaie la pièce du regard une dernière fois. Il se dirige vers le métro. La brise lui caresse le visage. Les oiseaux chantent, le ciel est bleu et les feuilles des arbres brillent sous le soleil. Un enfant, cartable sur le dos, monte dans le bus ; sa mère lui dit au revoir d'un signe de la main. Un vieil homme promène son chien dans le parc ; l'animal renifle, lui contemple les arbres. Un éclat de rire. Un couple à vélo. Puis un jeune en rollers ; casqué, il ressemble à un scarabée doré. Devant l'escalier du métro, assise par terre, une vieille dame nourrit les pigeons. La lumière du soleil fait resplendir ses cheveux gris. Autant de scènes ordinaires à cette heure-ci de la matinée.

Il attend le métro. Sur le quai, tout le monde suit sa routine quotidienne : on boit son café, on passe son premier coup de téléphone. Adossé au mur, Haesu consulte le fil d'infos sur son portable. Il tombe sur la photo d'un bébé phoque, l'œil triste, un gobelet Starbucks dans sa gueule. La scène se déroule à Dona Nuuk Beach, dans le Lincolnshire. Il s'agit d'une campagne de sensibilisation à la collecte des déchets.

En sortant du métro, il va prendre son café quotidien. Il doit admettre qu'avec cette gamine il retrouve des sensations oubliées depuis longtemps. Certaines sont même totalement inédites pour lui ! Il arrive au bureau et jette son manteau noir sur le portemanteau. Mun-kyu est déjà là.

— Salut. Je voulais savoir, tu aimes le café ?

— J'en sais rien.

— Tu n'en as jamais bu ?

— Je te rappelle qu'à mon époque il n'y avait pas de café.

— C'est vrai. Pareil pour moi.

— Pourquoi tu me poses cette question ? lui demande Mun-kyu en pivotant sur sa chaise.

— Figure-toi que je sens le goût de tout ce qu'elle mange.

— Oh ?

Mun-kyu regarde Haesu, les yeux ronds comme des soucoupes.

— Oui. Je te jure.

— Je t'envie !

— Vraiment ?

Haesu repense à cette horrible sensation de bouche en feu.

— Vraiment. Raconte !

— Tu connais le *tteokbokki* ?

— M'en parle pas. Je ne comprends pas comment les gosses d'aujourd'hui peuvent manger des trucs pareils !

— Oui, c'est affreusement pimenté. Et c'est la première chose qu'elle a jugé utile de me faire goûter. Elle m'a tué avec ça !

— Et ?

— Je suis allé lui en toucher deux mots, crois-moi !

— Ah bon ?

— Oui, elle n'arrêtait pas et à chaque fois c'était de pire en pire...

— Vraiment ?

— En fait, j'ai vite compris qu'elle avait surtout envie de me casser les pieds.

— Bah, c'est une gamine.

Mun-kyu a raison : Haesu doit être indulgent.

— Attends, ce n'est pas tout !

— Quoi encore ?

— Regarde la formule inscrite sur cette feuille.

— Oui.

— Figure-toi qu'elle a fait apparaître plusieurs Mauvais Esprits avec ça !

— Quoi ? Mais dis-moi, ça sent bon les emmerdes, ça !

— Tu m'étonnes ! Heureusement, on a juste eu droit à une araignée, un rat et un stagiaire.

— Un stagiaire ?... Qui ça ?

— Noh Kihan.

— Ah, lui ! rigole Mun-kyu.

— Oui, ce glandeur...

— Et pourquoi lui ?

— Va comprendre... répond Haesu, les yeux dans le vague.

— Et tu t'étonnes de ressentir toutes les émotions de la gamine, c'est ça ?

— Je t'avoue, oui. D'où mon idée à valeur de test. Par exemple, si elle boit quelque chose, est-ce que j'en éprouve simultanément la saveur ? J'ai choisi le café parce que tout le monde en boit et que ça a l'air d'être très agréable. Ça m'a toujours fasciné.

— Il faut que tu lui demandes d'en boire.

— Oui, justement, j'ai prévu de passer la voir tout à l'heure.

Mun-kyu se lève, prend ses dossiers et quitte le bureau. Haesu est en avance sur son horaire et en profite pour télécharger un document sur Lee Sang-ryeol. Il sort et prend la direction du métro aérien.

Sa matinée est terminée. Il a fait enregistrer le dernier Esprit et, comme prévu, s'offre un petit détour par le Monde d'en bas, histoire de retrouver la gamine. Elle est en train de bavarder avec ses copines.

— Hé, oh !

Hyesu sursaute.

— Bon sang, vous m'avez fait une peur bleue !

— Viens avec moi.

— D'accord.

Ses amies la regardent s'éloigner.

— Tu bois du café ?

— Je vous rappelle que je ne suis qu'au lycée.

— Et alors, quel rapport ?

À y regarder de plus près, elle est tout de même très mignonne avec ses joues de petite fille encore toutes rondes.

— Du coup, tu n'en bois jamais.

— J'ai pas dit ça.

— Tu en prendrais une tasse ?

— Là ? Tout de suite ?

Hyesu lève les yeux au ciel.

— Tu irais en chercher ?

— Sauf qu'ils n'en vendent pas au lycée.

— À l'extérieur ?

— Désolée, mais je n'ai pas le droit de sortir avant la fin des cours, lui répond-elle avec un semblant d'insolence.

— Ah bon ?

— Non, c'est comme ça.

— À quelle heure tu finis ?

— Vers 18 heures.

— Ah, mince, j'ai justement un truc à 18 heures.

Il réfléchit à son emploi du temps.

— Et après ?

— J'ai cours de soutien.

— Et là, ça se termine à quelle heure ?

— 23 heures passées, le temps de rentrer à la maison.

Il sait qu'elle ment.

— Faux. Tu n'as pas cours de soutien.

— Ben... non.

Elle baisse la tête, penaude, comprenant qu'il ne sert à rien de mentir à un Passeur.

— Je suis désolée.

— En vérité, tu termines à quelle heure ?

— 17 heures.

— Dans ce cas, je te retrouve après le boulot, vers 20 heures. Attends-moi avec un café.

— Mais un café, ça va m'empêcher de dormir ! lui rétorque Hyesu qui a très envie de le taquiner.

— Une gorgée suffira.

Il repart.

Le soir même, Hyesu l'attend comme convenu, une tasse de café glacé à la main.

— C'est bon, le café ? demande Haesu.

— Bien sûr que c'est bon.

— Tu en bois un peu ?

— Mais c'est quoi, au juste, ce cirque avec le café ?

Hyesu avale une gorgée. Haesu sent alors l'arôme dans toute sa richesse. Il ferme les yeux et se délecte.

— Alors c'était donc ça...

Ce goût amer et légèrement sucré lui ferait presque tourner la tête.

— Mais qu'est-ce que vous racontez ?

— Rien, laisse tomber. Tu peux en boire encore un peu, s'il te plaît ?

Elle s'exécute. Il inspire profondément pour profiter pleinement.

— J'adore le café !

— Vous n'en avez jamais bu ?

— Non. Je suis mort il y a sept cent vingt ans et, à cette époque, il n'y avait ni piment ni café, vois-tu.

— Et dans l'Au-delà, ça n'existe pas ?

— Si, mais nous autres, nous n'avons plus ni goût ni odorat.

— Et comment se fait-il que vous ressentiez le goût du café ?

— C'est la preuve que toi et moi sommes connectés.

— Comme avec le piment ?

— Oui, c'est ça. D'ailleurs, je ne comprends pas pourquoi tu avales des trucs pareils.

— Ça me déstresse.

— Tu en es sûre ?

— Oui, ça brûle... et du coup, j'oublie tout le reste !

— J'ai un peu de mal à comprendre... Bref. Reprends plutôt une gorgée de café.

— Je ne vais pas fermer l'œil de la nuit !

— OK. La dernière.

Elle boit et le plaisir se lit à nouveau sur le visage de Haesu.

— Encore...

— Je vous ai dit que je n'allais pas pouvoir fermer l'œil !

— Allez. En échange, dis-moi ce qui te ferait plaisir ? Tiens, note ça : 5, 17, 22, 38.

— Et c'est quoi, ces chiffres ?

— Les numéros du loto.

— La combinaison gagnante ? demande Hyesu, des étoiles plein les yeux.

— Pas tout à fait quand même... juste la quatrième place.

— Pff...

— Je t'ai donné combien de chiffres déjà ?

— Quatre. Allez, donnez-moi la combinaison entière !

— Non, je ne peux pas. Le code me l'interdit, répond-il sèchement.

— Très bien. Disons que ça permettra au moins de payer le café.

Soudain, Haesu ressent une terrible angoisse. Il sort en courant, prend par les immeubles et se dirige vers l'hôpital. Il entre. Là, un jeune Passeur est à terre. Il s'agenouille et prend la tête du jeune homme entre ses mains.

— Oh, monsieur Jung...

— Que s'est-il passé ?

— Je ne sais pas. J'ai perdu connaissance...

Il regarde tout autour de lui et tente de comprendre.

Sur ce, l'Investigation déboule.

— Que s'est-il passé ?

— J'ai bien l'impression qu'il a été attaqué par l'*Aknyeong*.

Le jeune Passeur reprend peu à peu ses esprits et commence à raconter son histoire.

— C'était l'heure pour moi de récupérer un Esprit... et... je me suis évanoui.

— Et vous, Haesu, que faites-vous là ?

— J'ai senti qu'il se passait quelque chose de grave...

La morgue est au bout du couloir. Par la porte légèrement entrebâillée, on peut distinguer une mère au chevet de sa fille. À ses côtés, une infirmière.

Le directeur de l'Investigation interroge Haesu.

— Désolé, monsieur Jo, tout ce que je sais, c'est que lorsque je suis arrivé, mon collègue était allongé sur le sol.

— D'accord. On s'occupe de tout. Toutefois, en tant que témoin, je vous demanderais de passer nous voir demain. Vous pouvez disposer, Haesu.

M. Jo poursuit en s'adressant cette fois-ci au jeune Passeur :

— Vous, attendez nos instructions. Nous allons ouvrir une enquête.

— Très bien.

Haesu a quitté les lieux et retrouve Hyesu dans sa chambre.

— Il est arrivé quelque chose ?

— On peut dire ça comme ça...

— Vous n'êtes pas blessé au moins ?

— Moi, non.

Elle finit le café, assise à son bureau.

— C'est pas censé te donner des insomnies ?

— Ah, si, c'est vrai.

En fait, elle boit machinalement et repose sa tasse.

— Bois encore un peu.

Lui obéir comme ça lui déplaît souverainement et pourtant, sans trop savoir pourquoi, elle s'exécute à chaque fois. Quant à lui, ce délicieux breuvage lui fait momentanément oublier la scène de l'hôpital.

Il relève la tête et réagit instantanément : il ressent la présence de l'*Aknyeong* qui se cache tout près.

123456789 **10** 1112131415

Le 26 septembre
Hyesu

Pour la première fois, elle fait un café, son téléphone dans une main, la notice de la machine dans l'autre. Ça marche ! Toutes ces marques : Dolce Gusto, Nespresso, Vertuo... Sur internet, elle regarde quelles sont les plus prisées des consommateurs et part à la recherche de saveurs inconnues. L'odeur du café embaume la cuisine. Elle jette la dosette usagée qu'elle prend bien soin d'enrouler dans de l'essuie-tout. Sa mère ne doit se rendre compte de rien. Sa tasse à la main, elle retourne dans sa chambre.

— Mmm, que ça sent bon !

Elle se doutait qu'il serait là, attiré par l'odeur.

— Bonjour.

— Bonjour, où as-tu trouvé ce café ?

— C'est un café-capsule.

Elle pose la tasse et sort une autre dosette de sa poche.

— Ah ! C'est un bonheur !

Il la regarde droit dans les yeux et lui fait signe de boire encore.

— C'est quand même un peu dingue tout ça ?

— Quoi ?

— Quand je bois du café, vous fermez les yeux…

Haesu fait mine de ne pas comprendre.

— Et alors ? Je profite de l'odeur.

— Oui, enfin, vous êtes planté là à vous délecter de ce que je bois, moi ! C'est quand même super loufoque, non ?

— Normal, je te rappelle que nous sommes connectés l'un à l'autre.

— D'accord, mais quand même, prenez au moins une tasse, buvez en même temps que moi… Faites au moins comme si nous prenions le café ensemble !

— Ça changerait quoi ?… Bon, maintenant, si tu insistes…

Le Passeur fait un geste de la main, un gobelet de café apparaît. Il se met à boire en même temps qu'elle.

— Ça te va comme ça ?

— C'est quand même mieux ! Je me sens plus à l'aise ! Mais au fait, à cette heure-ci, vous ne devriez pas être au boulot ?

— J'ai juste un rapport à rendre. Et toi, tu n'es pas en cours aujourd'hui ?

— On est samedi.

— Tu t'es pourtant levée de bonne heure. Ce n'est pas dans tes habitudes, le samedi. Pourquoi ?

— Pour vous voir, lui adresse-t-elle, le visage souriant.

— Me voir ?

— Vous m'avez sauvée, l'autre jour.

— Ah oui, ça...

— Je n'ai pas encore trouvé l'occasion de vous remercier.

— C'est très gentil de ta part.

À l'idée de lui plaire, Hyesu a le cœur qui s'emballe.

— Sinon, le café de ce matin est vraiment extraordinaire !

Elle étouffe un petit rire. En fait, elle ne s'y connaît pas davantage que lui en café.

— Dites, vous avez vraiment sept cent vingt ans ?

— Et après ?

— Je ne sais pas, comme on dirait que vous avez le même âge que moi, c'est perturbant...

Son regard croise le sien ; elle l'évite.

— Je te l'ai déjà dit : c'est que j'ai gardé l'apparence du jeune homme que j'étais.

— Et si on meurt vieux ?

— Eh bien, on garde l'apparence d'une personne âgée. Au fond, ça ne change pas grand-chose, tu sais.

— Quand même, c'est toujours mieux de rester présentable !

— Ça ne marche pas tout à fait comme ça, mais bon, laisse tomber.

— Vraiment ? Allez, encore une petite question. Si on garde l'apparence d'une personne âgée, est-ce qu'on se déplace tout de même rapidement ?

— Oui : un Esprit reste un Esprit.

— Je vois. Ah... et comment je dois vous appeler ?

— Comme tu veux.

— Je ne vais tout de même pas vous appeler « monsieur le Passeur » !

— Certes.

— Cela étant, je ne m'adresse pas à n'importe qui, non plus...

— Je n'avais encore jamais réfléchi à la question.

— Alors ?

— Eh bien, je ne sais pas, répond-il, perplexe.

— L'autre jour, j'ai cru comprendre que vous vous appeliez Haesu ?

— Oui. Haesu avec un A et toi, Hyesu, avec un Y.

— Un hasard ?

— Est-ce que le prénom de ta grand-mère ressemble à celui de son Ange gardien ?

— Pas que je sache. Je crois même qu'il n'a aucune lettre commune avec celui de son Ange gardien.

— Donc, difficile d'en déduire quoi que ce soit.

— Allez, vous me dites comment je dois vous appeler ?

— Haesu.

— Et moi, comment voulez-vous m'appeler ?

— Toi, ce sera « gamine ».

— Merci, mais j'ai un prénom !

— Je vais voir. Ça dépendra de la manière dont tu te comportes.

Haesu savoure son café lorsque son portable se met à sonner.

— Jung Haesu à l'appareil. Très bien. J'arrive tout de suite.

Hyesu n'en revient pas qu'un Passeur utilise un téléphone portable.

— Ça existe aussi là-haut ?

— Eh oui, on a tout ce qu'il faut dans l'Au-delà ! Un jour, tu verras !

À cette idée, Hyesu reçoit comme un coup dans le ventre.

— Bon, je dois filer.

Il disparaît pour réapparaître quelques secondes plus tard.

— Au fait, il y aura du café demain ?

— Peut-être.

— Vers quelle heure ?

— Disons, vers 8 heures ?

— À demain, alors !

Il repart.

En fermant les yeux, Hyesu se plaît à revoir le visage du Passeur.

*
* *

Les copines s'offrent une virée shopping. Minju est excitée comme une puce ; Chaewon fait vaguement les vitrines ; quant à Hyewon, elle n'en peut plus !

— Celui-là, comment tu le trouves ? demande Minju à Hyesu en désignant un pull en exposition.

— Top ! lui répond Hyesu entre deux bouchées de burger.

— C'est tout à fait mon style.

— On fait quoi, après ? questionne Hyewon.

Une fois son pull acheté, Minju continue de papillonner d'une boutique à l'autre. La compétition est ouverte ! Chaewon s'offre une petite babiole, Yuri, un tee-shirt... Toutes suivent le mouvement.

En chemin, Hyewon demande à Hyesu :

— Il est revenu te voir ?

— Oui, ce matin.

— Il vient souvent ! C'est toi qui l'appelles ?

— Oui, répond Hyesu en souriant.

— Comment tu t'y prends ? interroge Hyewon.

— Il est accro au café.

— Ah bon ?

— Donc je sirote un café et hop, il arrive !

— Un Passeur qui se shoote au café. Ça, c'est original ! Et si tu commandais un café maintenant, il viendrait ?

— Oui. C'est bien pour ça que je n'en ai pas pris après le repas.

Fatiguées, les filles se posent sur un banc. Minju et Chaewon ont des sacs plein les bras.

— Et si on se faisait un petit tarot ? propose Yuri.

— Et si on allait plutôt consulter une voyante ? C'est la mode ! s'exclame Hyewon en regardant Hyesu du coin de l'œil.

— Oui, oui, faisons ça ! répondent en chœur Minju et Chaewon, très intéressées.

— Je connais un cabinet de voyance, juste à la sortie du métro.

Il faut tout de même marcher une centaine de mètres et Minju comme Chaewon ne tardent pas à se plaindre.

Hyewon trouve l'endroit la première. L'établissement est situé dans une ruelle, à l'écart de l'agitation du boulevard. Les filles entrent. Les lieux sont imprégnés d'une odeur d'encens et décorés par des tentures de soie. Il y a du monde et les tables se font rares. Elles parviennent tout de même à s'installer et à commander à boire.

— Excusez-moi, nous voudrions une consultation avec la boule de cristal.

Une serveuse leur répond :

— Nous avons beaucoup de monde et il faut attendre environ une demi-heure ; ça vous va ?

— Parfait. Nous allons patienter.

En attendant, Minju et Chaewon se montrent les vêtements qu'elles ont achetés.

Hyewon, elle, impressionnée, s'éloigne pour prendre quelques photos de l'endroit.

Au bout d'un moment, une femme voilée de noir, boule de cristal à la main, aborde les filles. Chaque table est isolée des autres par un store rouge. La voyante s'installe.

— Vous êtes au lycée, c'est ça ? Alors, par qui je commence ?

— Moi ! dit Chaewon en levant la main et en s'approchant, rouge d'excitation.

— Tu t'appelles comment ?

— Chaewon, Song Chaewon.

La voyante commence à caresser sa boule.

— Que veux-tu savoir, Chaewon ? Quelque chose à propos d'une histoire d'amour ?

— Comment vous avez deviné ?

Sous son voile, la voyante lui adresse un petit rictus énigmatique.

— Je le vois dans la boule. C'est parti pour en savoir davantage sur cette histoire...

Hyewon a rejoint le groupe et s'installe à côté de Hyesu.

— Chaewon, il semblerait que tu aies un petit ami, n'est-ce pas ?

— Comment vous le savez ?

Chaewon est soufflée.

— Pff, ça se lit sur son visage, qu'elle a un copain... murmure Hyewon à l'oreille de Hyesu.

— Sans blague ?

— Comme le nez au milieu de la figure ! Pas besoin d'être voyante pour ça !

Hyesu pouffe de rire.

— Comment vous l'avez su ? Nous, on n'était au courant de rien ! réplique Minju.

— Au fond de la classe, t'es toujours au courant de tout ! lui répond Yuri en rigolant.

— Chut... Taisez-vous un peu, les filles... Dites-moi, madame, comment ça va se passer avec lui ?

Chaewon a l'air absorbée.

— Voyons... Ça ne va pas très bien se passer...

— Vous en êtes sûre ?

— Oui. Si tu continues à être possessive comme ça, il va te quitter.

— Qu'est-ce que je t'avais dit ? lui lance Yuri.

— Et je fais comment ? Il est toujours entouré de plein de nanas. J'ai pas envie qu'une autre prenne ma place ! proteste Chaewon.

Hyewon demande à Hyesu de lui confirmer les dires de la voyante.

— Ce qu'elle dit est vrai : ça ne va pas durer.

— Ça va casser quand ?

— Le mois prochain. Le cœur du gars balance entre elle et...

— Et sinon, tu penses que c'est du vrai cristal, cette boule ?

— Étant donné le prix du cristal... c'est juste du verre, à mon avis.

— Je m'en doutais.

Les filles ne cessent de jacasser entre elles. La voyante, agacée, leur jette un regard mauvais et poursuit :

— Je comprends. Alors, même si ce n'est pas ton style, garde tes distances et ne dévoile pas trop tes sentiments. Cultive le mystère pour accrocher ce garçon.

— Il va m'aimer ?

— Bien sûr. Je t'assure, il ne t'en aimera que davantage et s'installera avec toi dans une relation durable. D'accord ? Maintenant, à qui le tour ?

— Moi !

— Moi !

Minju et Yuri lèvent la main ensemble. Mais c'est Hyesu que la voyante regarde.

— Toi, tu t'appelles comment ?

— Non, merci. Je passe mon tour.

— Elle s'appelle Hyesu, Kang Hyesu, dit Hyewon.

— Non, non, je ne participe pas, moi.

— Voyez un peu son histoire d'amour à elle. Elle a aussi un petit copain, la taquine Hyewon,

— Arrête !

La femme commence à consulter sa boule.

— Comment va se dérouler l'histoire entre Hyesu et son petit ami...

— Que voyez-vous ?

Les yeux de Yuri pétillent.

— Je vois que le petit ami de Hyesu est bien plus âgé qu'elle...

— C'est le moins qu'on puisse dire, approuvent les filles avec un soupçon d'ironie.

Hyesu, quant à elle, demeure imperturbable.

— Et ?

— On dirait que ça se passe plutôt bien.

La voyante, derrière son voile, lève alors les yeux vers Hyesu. Sa voix devient grave, son air, impénétrable...

— Et ça va durer entre eux ? demande Chaewon, impatiente d'en savoir davantage.

— *Oui, longtemps... mais dans l'Au-delà !*

La voyante se jette avec rage sur Hyesu et commence à l'étrangler ! Elle serre de plus en plus fort. Hyesu essaie de se dégager.

— Au secours ! crie Minju.

Panique générale ! Chaewon réclame de l'aide auprès des autres clients. Yuri s'évanouit.

La pression se desserre un instant. Hyesu reprend son souffle. La femme ne lui serre la gorge que d'une main, à présent. De l'autre, elle repousse violemment Hyewon contre le mur avant qu'elle ne parvienne à s'emparer de sa boule de cristal. La pauvre jeune fille ne bouge plus.

À nouveau, la voyante tente d'étrangler Hyesu.

— Ça ne sera plus très long, maintenant... Tu vas pouvoir aller le retrouver !

Hyesu ne va pas pouvoir tenir encore longtemps mais elle se dit que Haesu n'est pas là, preuve que son heure n'est pas encore arrivée. Elle doit trouver le moyen d'échapper à cette furie. Enfin, elle a le réflexe de mordre son petit doigt.

— Inutile ! C'est trop tard !

Mais un bruit de pas se fait entendre et une silhouette noire apparaît derrière la voyante. Voilà Hyesu qui est relâchée ! Dans la chute, sa tête heurte son siège.

Le visage de Haesu lui apparaît.

— Hyesu, ça va ?

— Vous êtes là !

À demi consciente, elle distingue vaguement les visages de Minju et de Chaewon.

— Hyesu, Hyesu, réveille-toi !

— Hyesu, tu m'entends ?

Elle reconnaît la voix de Yuri.

— Yuri ? Où suis-je ?

Minju et Chaewon s'approchent. Hyesu comprend qu'elle est aux urgences. Sa mère est à ses côtés et lui tient la main.

— Comment ça va ?

— Je sais pas trop.

Un médecin et une infirmière prennent sa température et sa tension. Ils lui regardent également le fond des yeux à l'aide d'une petite lampe.

— Regardez par ici. Vous avez des nausées, la tête qui tourne ?

— Non, rien de tout ça, répond la jeune fille, encore dans la brume.

— Vous savez où vous êtes ?

— À l'hôpital, c'est ça ?

Le médecin se redresse et signe le papier que lui tend l'infirmière.

— Comment va-t-elle, docteur ? interroge sa mère.

— Pour le moment, aucun trouble cérébral à signaler. La réaction de la pupille est normale. Son état semble stabilisé, vous pouvez la ramener chez vous.

— Merci, docteur… lâche la mère dans un soupir de soulagement.

— Toutefois, en cas de vomissements, revenez immédiatement ; les symptômes peuvent mettre quelques heures avant de se manifester.

— C'est entendu, docteur.

Le médecin et son infirmière poursuivent leur tournée. Tout le monde est rassuré. *Mais au fait, où est Hyewon ?* Hyesu se souvient que la voyante l'a envoyée valser contre le mur. Elle saisit le bras de Yuri.

— Où est Hyewon ?

— En train de passer des radios.

— Elle est blessée ?

Chaewon ne peut dissimuler son inquiétude.

La grand-mère s'approche avec le Passeur ; ils sont accompagnés par un vieil homme.

— Je vous demande de bien prendre soin d'elle, le prie Haesu.

— Bien sûr, Haesu. Les autres Anges gardiens et moi, nous allons veiller sur elle, répond le vieil homme en caressant sa barbe.

Hyesu comprend immédiatement : il s'agit de l'Ange gardien de sa grand-mère. Le Passeur s'approche d'elle.

— Comment te sens-tu ?

Pour éviter que Hyesu ait l'air de parler toute seule, la grand-mère intervient en reprenant à haute voix les questions du Passeur à sa petite-fille.

— Ça va, répond Hyesu à sa grand-mère, tout en fixant le Passeur du regard.

— Il semblerait que l'*Aknyeong* te poursuive, alors tu restes chez ta grand-mère pour le moment.

— D'accord.

La mère de Hyesu saisit rapidement le rôle d'interprète de la grand-mère.

— Tu seras en sécurité chez ta grand-mère. Cet Ange gardien, ici présent, ainsi que tous les autres vont te protéger.

*
* *

Hyesu est de retour chez sa grand-mère.

— Hyesu, je te laisse quelques vêtements. Je t'en apporterai d'autres demain, lui dit sa mère en rangeant ses affaires.

— Merci, maman.

Le lit de Hyesu est entouré de grigris et d'amulettes. Pour se rendre à la salle de bains, elle passe par le couloir et aperçoit sa grand-mère, le Passeur et quelques vieilles femmes dans le salon. En se brossant les dents, face à la glace, elle découvre les ecchymoses sur son cou. *Mon Dieu ! Comment dissimuler ça ? Sûr que le col de mon uniforme n'y suffira pas...*

À sa sortie, le regard du Passeur croise le sien. Il baisse les yeux. De retour dans sa chambre, alors qu'elle se met au lit, on frappe à la porte.

— Oui.

C'est le Passeur.

— Quelle surprise ! Merci en tout cas de m'avoir sauvé la vie.

— Comment va ta gorge ?

— Je n'ai pas mal mais j'ai des bleus partout, répond Hyesu en dissimulant son cou avec ses mains.

— Tu penses réussir à dormir ?

— Oui, ça devrait aller.

— Laisse la lumière allumée, ça chasse les Mauvais Esprits.

— Je vais faire ça.

Le Passeur s'assied sur la chaise du bureau. Debout à côté de son lit, Hyesu est un peu gênée.

— Mais je...

— Il y a autre chose ?

— Rien, je vais me coucher.

Elle hésite.

— Vas-y, couche-toi sans crainte et tâche de te reposer.

— Et vous allez rester assis là ?

— Ce soir, oui. Au cas où. Ne t'inquiète pas.

Elle est soulagée de le savoir tout près d'elle. Tiendrait-il plus à elle qu'elle ne l'aurait imaginé ? C'est la question qu'elle se pose en se glissant sous la couette. Elle ferme les yeux et se repasse la scène du cabinet de voyance, l'apparition du Passeur en costume noir au moment où elle était sur le point de perdre connaissance...

L'inquiétude se lit sur le visage de Haesu. Il lui prend la main. Elle descend doucement la couette et le regarde droit dans les yeux. Lui fixe le mur, derrière le lit. Son visage est loin d'être aussi effrayant que la première fois. Il n'a plus cet air froid, et finalement il est plutôt mignon avec son nez tout pointu. Elle est heureuse de le sentir auprès d'elle. Son cœur bat la chamade. Et pour qu'il ne s'aperçoive de rien, elle rabat la couette sur sa poitrine. Haesu se met à rougir.

12345678910 11 12131415

Le 27 septembre
Haesu

Minuit passé. Mun-kyu entre dans la chambre.

— Le boss te cherche. La Filature te demande aussi.

Haesu lui montre sa main dans celle de Hyesu.

— Tu serais dispo ? demande-t-il à son collègue en se levant.

— Oui, rien de prévu cette nuit.

— Alors ne la quitte pas des yeux. L'*Aknyeong* ne la lâche pas.

— Je passais justement te proposer mon aide. Tu peux compter sur moi, tu le sais.

Mun-kyu s'installe à son tour sur la chaise et Haesu s'en va trouver son responsable.

*
* *

— L'Investigation me signale que la jeune fille est poursuivie par l'*Aknyeong*. Vous confirmez ?

— Absolument.

— Comment va-t-elle ?

— Heureusement, plus de peur que de mal ; ses blessures sont superficielles.

— Elle n'est pas trop choquée ?

— Il semblerait que non.

— L'*Aknyeong* s'en prend à elle, on ignore pourquoi. Je vais déléguer vos dossiers à quelqu'un d'autre.

— C'est entendu.

— Dorénavant, c'est une mission prioritaire.

— Très bien.

— Pour votre rapport, inutile de vous déplacer, je vous laisse le faire par téléphone. Ne perdez pas de temps, le directeur de la Filature vous attend.

Il monte à l'étage, presse le pas dans le couloir, frappe à la porte du bureau. M. Noh est là.

— Vous avez mis la main dessus ? demande Haesu.

— Non, hélas ! Nous étions sur ses traces lorsqu'il a renversé l'un des membres de notre équipe.

M. Noh est assis, bras croisés.

— Nul doute qu'au fil du temps l'*Aknyeong* a gagné en puissance. Pour davantage d'efficacité, nous allons travailler en sous-groupes. Et vous, Haesu, du neuf?

— Pas spécialement. La jeune fille est allée consulter une voyante et l'*Aknyeong* s'en est servi pour l'attaquer.

— Je comprends mieux maintenant... L'Ange gardien de la voyante a voulu la protéger et s'est fait attaquer. Il est gravement blessé et ne sera pas de retour avant un bon moment. Soyez très prudent, Haesu.

— Je le serai.

En attendant l'ascenseur, Haesu contacte Mun-kyu.

— Elle dort encore ?

— Oui.

— OK. J'arrive.

Le voici de retour dans la chambre de Hyesu.

— Mun-kyu, il va falloir être extrêmement prudent. Un Ange gardien a été touché.

— Bon sang ! répond Mun-kyu en fronçant les sourcils.

Hyesu se réveille tout doucement.

— Bonjour.

— Comment ça va ?

— On se prend un café ?

— C'est pas vraiment le moment. Prépare-toi plutôt pour le lycée.

Hyesu se lève en quatrième vitesse, fait une toilette de chat et s'habille. Elle noue un foulard autour de son cou. Elle a les yeux cernés et l'air fatiguée. Affronter l'*Aknyeong* laisse des traces, Haesu le sait, il en est d'autant plus contrarié.

— Passeur, vous êtes là ?

La grand-mère s'incline en guise de salutation. Pour empêcher l'*Aknyeong* d'entrer dans la maison, des pièces d'or ont été disposées un peu partout à l'intérieur.

— L'*Aknyeong* se déchaîne, c'est ça ?

Il regarde la grand-mère qui fait de nouveau l'interprète pour les *Mudangs* assemblées dans le salon.

— Cet *Aknyeong* est très dangereux. Il a déjà commis trois meurtres en prenant possession des personnes qu'il a assassinées et ce n'est peut-être qu'un début. En tant que Passeur, je ne suis pas certain de l'emporter. Mieux vaut s'y mettre à plusieurs.

Les femmes prennent peur.

— Est-ce que l'une d'entre vous pourrait appeler son Ange gardien ?

Une jeune chamane lève la main.

— Mon Ange gardien répond toujours lorsque je l'appelle.

— Et vous pensez qu'il pourrait venir tout de suite ?

— J'en suis certaine.

La *Mudang*, au regard charbonneux et aux lèvres rouges, ferme les yeux et commence à psalmodier. Un Ange gardien, les cheveux longs tressés, vêtu d'un pantalon blanc de *hanbok**, apparaît, tout sourire.

— Qu'y a-t-il ?

Haesu intervient.

— J'aimerais vous parler. Sortons quelques instants, si vous voulez bien.

Haesu et l'Ange gardien montent sur les toits et s'installent sur la terrasse d'un appartement inoccupé. Le ventilateur y fait un bruit régulier de cliquetis. Haesu est nerveux.

* Tenue traditionnelle coréenne.

— Êtes-vous en contact avec d'autres Anges gardiens ?

— Oui, bien sûr.

— Alors appelez-les tous.

— Très bien.

Il sort son téléphone et commence à passer plusieurs appels.

— Allô, Oh Dong-gu à l'appareil, j'aurais besoin de vous voir.

Quelques instants plus tard, une douzaine d'Anges gardiens occupent la terrasse.

— Que se passe-t-il ? demande un petit garçon grincheux.

Les Anges gardiens des finances, de la météo, des amours, des médias, de l'immobilier ou de la sagesse sont là. Il y a même un petit Ange gardien, encore en couches, qui tète ses doigts. L'Ange des finances porte un élégant complet et une cravate colorée. L'Ange du commerce est un vieil homme à barbe, affublé d'une banane sanglée autour du ventre. L'Ange de la sagesse est lui aussi un vieil homme à barbe. Tous fixent Haesu et attendent une explication.

Ils le saluent à haute voix et toute la terrasse se met à trembler. Haesu leur répond d'un signe de la main.

— Tout d'abord, nous devons tous garder notre calme.

Les visages se crispent.

— Parmi vous, quelqu'un a-t-il déjà entendu parler de l'*Aknyeong* ?

Seul l'Ange de la fortune lève la main.

— J'ai suivi l'affaire. Il se trouve que lorsqu'il est apparu pour la première fois, j'étais moi aussi à Hongdae*.

— Et vous autres ?

Tous secouent négativement la tête.

— Nous n'avons jamais entendu parler de rien.

— Qui est le plus âgé d'entre vous ?

Le petit Ange gardien, une sucette à la main, se lève.

— C'est moi !

— L'*Aknyeong* du mont Jirisan, est-ce que ça vous dit quelque chose ?

— Cette histoire vieille de cinq cents ans ?

Le petit Ange a trois cent soixante ans et connaît l'affaire qui s'est déroulée sous le règne de la dynastie Joseon**.

— Eh bien, c'est lui.

— Quoi ? Vous voulez dire que son Esprit vagabonde depuis tout ce temps ?

— Oui. Personne ne l'a jamais récupéré.

Le général des Anges gardiens prend alors la parole. Du haut de ses soixante ans, il est le plus jeune de la bande.

— Oui. Depuis, il s'est manifesté plusieurs fois en prenant possession de différentes personnes. En devenant un *Aknyeong*, il a déjà commis trois meurtres.

---

* Un des quartiers huppés des jeunes à Séoul.

** Dynastie de rois coréens qui se succédèrent sur le trône de 1392 à 1910.

— Mon Dieu !

Les douze Anges gardiens n'en mènent pas large.

— Vous voyez cette jeune fille là-bas ?

Haesu désigne Hyesu dans le salon de sa grand-mère.

— Elle et moi sommes connectés. Lorsque je m'absente, je vous demande d'observer attentivement tout ce qui se passe autour d'elle. S'il devait se produire quoi que ce soit, surtout ne vous lancez pas seuls dans la bataille. Appelez-moi immédiatement. Les pouvoirs de l'*Aknyeong* se sont considérablement renforcés.

— Très bien, répondent-ils tous en chœur.

Haesu redescend voir Hyesu.

— Le devoir m'appelle. Je sais que ce n'est pas très drôle mais finalement, tout bien réfléchi, tu vas rester ici.

Elle s'élance alors vers lui.

— Attendez, je...

— Qu'est-ce qu'il y a ?

— Je voulais vous dire quelque chose.

— Quoi donc ?

— Merci de prendre soin de moi comme ça.

À ces mots, Hyesu devient rouge comme une pivoine.

— C'est normal, je suis ton Ange gardien, lui répond-il en souriant. Surtout ne bouge pas. Il rôde toujours.

Haesu remonte sur le toit. Le petit Ange gardien est allongé et fume. Le général lui masse la jambe. En apercevant Haesu, il se redresse immédiatement, éteint sa cigarette et se lève.

— Vous partez ?

— Oui. Comme convenu, vous surveillez attentivement le périmètre.

À cette heure-ci, Mun-kyu a dû terminer son boulot. Haesu tente de le joindre pour qu'il le retrouve sur le toit... Pas de réponse. Étrange...

Mun-kyu, gravement blessé, est allongé sur le sol.

Haesu accourt et s'agenouille auprès de lui. Tremblant, Mun-kyu ouvre les yeux et se repasse le film.

Il était en train de sortir le protocole de sa mallette. Le nom et l'heure du décès y étaient inscrits. Il ne restait plus qu'un quart d'heure. Là, il voit un homme. Son visage figure bien sur sa liste. L'homme plaisante au téléphone, loin de s'imaginer qu'il va mourir d'une crise cardiaque d'ici quelques minutes.

Né en avril 1995, Lee Changmin. Au moment de ranger son document, comme soudainement paralysé, Mun-kyu s'écroule. Il ne sent plus ses jambes. Une silhouette noire se précipite derrière Lee Changmin. Mun-kyu tente de fuir mais il est sérieusement touché. Lee Changmin lui, est animé de violentes convulsions ; le monstre est en train de lui arracher les jambes et les bras pour finalement l'engloutir.

Mun-kyu tombe à terre, il est à l'agonie. Quant à l'*Aknyeong*, il a déjà disparu.

Haesu s'envole, son ami dans les bras.

123456789101112131415

12

Le 28 septembre
Hyesu

Après déjeuner, avant de reprendre les cours, les filles font un tour au kiosque. Hyesu et Chaewon réservent une place à la pauvre Hyewon qui a le bras dans le plâtre. Minju et Yuri s'en vont commander.

— Un mini-sandwich pour moi ! leur crie Chaewon.

— Un seul ne te suffira jamais, Chaewon. Tiens, prends un morceau du mien, lui propose Hyesu.

— Ça va, merci. J'étais partie chercher de l'aide... J'ai rien vu... Raconte-moi ce qui s'est passé...

— L'*Aknyeong* avait pris possession de la voyante.

— Quoi ?

Yuri se met à trembler comme une feuille. Elle ignore elle aussi ce qui s'est passé puisqu'elle s'est immédiatement évanouie. Seule Minju a assisté à toute la scène.

— Un *Aknyeong* rôde dans les parages et s'est déchaîné hier. Les Anges gardiens sont à ses trousses, déclare Minju.

Les yeux de Hyewon pétillent, elle est fan de ce genre d'histoires !

— Hyesu, c'est totalement flippant, lance Yuri en sanglotant.

— C'est pour ça que je vous ai amené ces amulettes.

— C'est quoi, ces trucs ?

— C'est ma grand-mère qui les a fabriquées. En les portant sur vous, vous êtes protégées.

— Et une seule suffit ? demande Yuri.

— J'en ai prévu plusieurs pour chacune d'entre vous.

Hyesu pose son sac sur la table et Minju se sert la première.

— Et comment ça marche ?

— On les met dans ses poches ou on les accroche au mur un peu partout chez soi.

Chaewon n'est pas convaincue mais en glisse tout de même sous sa blouse.

— Tu parles... on voit que ça par transparence...

— Dans ce cas, cache-les dans les poches de ta jupe.

Yuri n'est pas convaincue.

— Et après ?

— Ça fait fuir les Mauvais Esprits.

— Tout dépend de la taille des amulettes, j'imagine ? interroge Minju.

— Non. Le principal, c'est de les avoir sur toi.

— Et dis-moi, Hyesu, pour que ce soit efficace, il faut les porter toutes ensemble ?

— Si vous voulez... Vous pouvez aussi n'en prendre qu'une ou deux sur vous, en glisser dans votre pyjama le soir, en mettre dans votre lit ou dans votre sac.

— Et ton petit copain, il ne t'en a pas donné ? demande Hyewon avec un sourire moqueur.

— Je te le répète, ce n'est pas mon petit copain ! Il apparaît juste quand je l'appelle.

Hyesu sature mais reste tout de même fière.

— Elle a raison. Il est venu tout de suite. Je l'ai vu, répond Minju. Mais comment il a su ?

— On a un code tous les deux.

— Ah oui ? Lequel ?

Hyesu lui tend son petit doigt, enroulé d'un pansement.

— Ça, les filles !

— Quoi, *ça* ?

— Si je mords mon petit doigt, il vient me sauver.

— Et c'est ce que tu as fait lorsque la voyante s'est jetée sur toi. Je comprends mieux maintenant, dit Minju.

— Waouh... voilà donc toute l'histoire, dit Hyewon, songeuse, le menton calé entre ses mains.

— Toi, t'es tombée dans les pommes après avoir été propulsée contre le mur, lui dit Hyesu.

Hyewon aurait pourtant tellement voulu voir le Passeur et l'*Aknyeong*...

— Hyewon, tu n'as rien à regretter. Je te rappelle que même consciente, toi, tu ne peux pas les voir.

— Quelle chance tu as quand même, Hyesu ! Un copain qui arrive pour te sauver la vie...

— Une fois encore, ce n'est pas mon copain ! Et pour ta gouverne, se mordre le petit doigt, ça ne fait pas de bien !

Hyesu exhibe à nouveau son pansement.

— Tu ne pouvais pas le mordre moins fort ?

— Excuse-moi mais dans la panique tu ne maîtrises pas toujours ! Et puis imagine, je ne mords pas assez fort et il ne perçoit pas mon appel…

— Mais comment il sait que tu es en train de te mordre le petit doigt ? interroge Minju.

— Nous sommes connectés l'un à l'autre : il ressent tout ce que je ressens !

— Et c'est pour ça qu'il rapplique lorsque tu bois du café ? demande Hyewon.

— Exactement. Il adore ça.

— Appelle-le maintenant.

— Pour quoi faire ?

— J'aimerais le remercier de m'avoir sauvée moi aussi.

— On n'a qu'à prendre un café au kiosque !

— Arrête, Hyewon. Rien de tout ça. Pour le moment, il est très occupé.

— Ah bon ? Tout le monde passe l'arme à gauche aujourd'hui ?

— Stop, Hyewon. Il cherche à savoir ce qui s'est passé hier. Je l'appellerai plus tard.

Derrière elles, quelqu'un approche. C'est la directrice.

— Qu'est-ce que vous fabriquez encore ici ? C'est l'heure de retourner en cours ! Allez, filez !

— Dire que les amulettes ne marchent que sur les Mauvais Esprits… glisse Hyesu à l'oreille de Hyewon.

— Et c'est bien dommage ! marmonne cette dernière, la moue boudeuse.

Hyesu est à son bureau et fait ses devoirs. La nuit est tombée. Au loin, elle entend les klaxons des voitures sur le boulevard. Elle n'est pas vraiment concentrée mais elle préfère s'occuper l'esprit plutôt que de ressasser la scène de la veille. Elle planche vaguement sur un problème de maths. 23 h 50 : son téléphone sonne. C'est Hyewon.

— Ah, tu tombes bien. Ras le bol des maths !

— Hyesu, écoute-moi bien, la coupe Hyewon.

— Quoi ?

— Hyesu, je vais partir.

— Comment ça ? Tu pars où ?

— Et je ne reviendrai pas…

— Mais de quoi tu parles, Hyewon ? Qu'est-ce qui t'arrive ?

— Je pars pour un monde dont on ne revient jamais… *Hyesu, si tu veux que ton amie reste en vie, rejoins-moi immédiatement.*

Cette voix caverneuse, Hyesu la reconnaît. Cette fois-ci, l'*Aknyeong* a envoûté Hyewon ! Elle enfile ses chaussures et quitte la maison en quatrième vitesse, sans prévenir sa grand-mère. Le général des Anges gardiens l'arrête net sur le pas de la porte.

— Tu n'as pas le droit de sortir, dit le Passeur.

— Hyewon peut mourir d'une minute à l'autre ! Il va la tuer ! crie Hyesu.

Sans hésiter, elle lui passe au travers.

— Arrête-toi. Veux-tu revenir ici !

Tous les Anges gardiens lui font barrage. Hyesu n'a d'autre choix que de s'arrêter.

— Rentre. Le Passeur t'a demandé de rester ici ! C'est extrêmement dangereux ! la tance sévèrement le général.

— Mais l'*Aknyeong* va tuer ma copine Hyewon. Je dois la sauver !

Le petit Ange gardien se met lui aussi à la sermonner.

— Non, c'est non. Ce sont les ordres du Passeur. Rentre immédiatement.

— Je vais y aller quand même, vous ne m'arrêterez pas.

À perdre du temps comme ça, Hyewon est encore plus en danger. Elle serre les dents, prend son élan... et traverse toute la haie d'Anges gardiens ! Son énergie est telle qu'elle les renverse tous sur son passage. Les Anges sont furieux mais elle poursuit sa course folle.

En arrivant, elle reconnaît son amie... l'uniforme, le sac, le bras dans le plâtre. C'est bien Hyewon.

— Hyewon !

À cet instant, Hyesu est parcourue d'un frisson glacial. Une forme noire est là, elle aussi. Des amulettes sont en train de brûler. Dans sa précipitation, elle n'en a pris aucune sur elle. Elle court et sort le reste des gris-gris du sac de Hyewon.

— *Tu crois que ça va m'arrêter ?* hurle la silhouette en lui frôlant la jambe droite.

Soudainement, elle sent ses os se figer. Elle n'a plus aucune force dans les jambes et tombe à genoux. Elle glisse prestement une amulette dans sa chaussette et en prend une dans chaque main.

— *Tu es maligne mais ça ne changera rien !*

L'ombre se précipite sur elle mais le pouvoir des amulettes la repousse violemment.

Heureusement, les Anges gardiens qui l'ont suivie arrivent en renfort.

— Toi, tu rentres chez toi ! ordonne le petit Ange à Hyesu.

Sentant toute la puissance de cette armée d'Anges, l'*Aknyeong* tente de reprendre possession de Hyewon.

— Attention ! L'*Aknyeong* s'approche de Hyewon, s'écrie Hyesu.

À ces mots, le général s'élance vers Hyewon, percute l'*Aknyeong* qui l'envoie voler quelques mètres plus loin.

— Protégez-la !

Tous les anges forment un cercle autour de Hyewon. L'*Aknyeong* n'est pas perturbé pour autant. Il repasse à l'attaque. Les anges font bloc tandis que Hyesu se lance dans la bataille, les mains chargées d'amulettes.

— C'est pas vrai, ça ! hurle le petit Ange.

Hyesu se retrouve nez à nez avec l'*Aknyeong*. Elle veut mordre son petit doigt mais n'en a pas le temps. Elle est parcourue d'une énergie inconnue qui lui glace le sang. Une voix résonne dans sa tête : « Je t'avais dit de ne pas sortir. » C'est alors qu'elle ressent une tout autre sensation, comme un souffle léger dans le dos, cette fois-ci. Machinalement, elle tend la main et des flammes bleues se mettent à jaillir du bout de ses doigts !

123456789101112 **13** 1415

Le 29 septembre
Haesu

Haesu a senti le danger et s'est connecté immédiatement à Hyesu.

— Lee Sang-ryeol !

Par l'intermédiaire de Hyesu, Haesu appelle de toutes ses forces. Une silhouette parvient à s'extraire. C'est l'Esprit de Lee Sang-ryeol. L'ombre noire tente de le réintégrer. Haesu fait alors de nouveau jaillir des flammes des mains de Hyesu et l'*Aknyeong* finit par reculer.

— Appelle vite la Filature, lance-t-il au petit Ange qui s'exécute sur-le-champ.

— Allô, Kim Gaetong, matricule 593. Je vous appelle de la part de Haesu, le Passeur. Passez-moi M. Noh, c'est urgent.

L'*Aknyeong* hésite maintenant à s'approcher. Il vient de laisser s'échapper l'Esprit de Lee Sang-ryeol et ses forces semblent décliner. Haesu entend la voix de Hyesu :

— Haesu, vous devez sauver mon amie Hyewon, je vous en supplie...

Il s'aperçoit que celle-ci, affalée le long du mur, a perdu connaissance. L'*Aknyeong* en profite pour se ruer vers elle. Mais tous les autres Anges gardiens font alors bloc autour de la malheureuse. Les bras tentaculaires du monstre renversent deux d'entre eux ! Face à l'*Aknyeong*, Hyesu et Haesu unissent leurs forces. L'Esprit de Lee Sang-ryeol les accompagne. Prise de court, la créature finit par s'engouffrer dans le sous-sol et disparaît.

M. Noh arrive sur les lieux.

— Où est-il ?

— Il s'est enfui par là ! répond Haesu, hors d'haleine.

Tout le monde est désormais sur place.

— Ne le lâchez pas, ordonne M. Noh à ses hommes.

Puis, prenant un seul de ses agents à part :

— Vous, restez ici.

Il s'adresse de nouveau à Haesu :

— Que s'est-il passé ?

— J'ai senti que l'*Aknyeong* était en train d'attaquer la fille, j'ai foncé.

— Et lui, c'est qui ?

— Lee Sang-ryeol, il est parvenu à se libérer du joug de l'*Aknyeong*.

— Oh ? s'étonne, M. Noh, sidéré. Bien. Ne perdons pas de temps. Et la gamine contre le mur, là-bas ?

— C'est une amie de Hyesu. L'*Aknyeong* l'a utilisée comme appât.

— OK. Mettons les gosses à l'abri. Je vais remettre cet Esprit à mon équipe.

— Entendu.

L'agent resté sur place s'approche. Les informations concernant Lee Sang-ryeol lui ont été transmises sur son portable. Il appelle.

— Lee Sang-ryeol… Monsieur Lee, vous êtes né le 23 février 1974, à Saha, Busan. C'est exact ?

— Oui.

— Monsieur, vous êtes décédé dans un accident de la route le 19 septembre à Youngdeungpo.

L'Esprit suit docilement l'agent et s'envole avec lui.

M. Noh passe maintenant les troupes en revue.

— De la casse par ici ?

— Un Ange gravement blessé et trois légèrement, répond le petit Ange

L'Ange de la fortune soutient le général. À côté, l'Ange de l'éducation boite. Tous ont l'air épuisés.

Puis, M. Noh pose son regard sur le petit Ange.

— C'est vous qui nous avez appelés ?

— Oui, Kim Gaetong, matricule 593, déclare le petit Ange avec déférence.

— Bien joué ! Les Anges blessés, à l'infirmerie. Les autres, accompagnez ces jeunes filles en lieu sûr et passez au bureau pour votre rapport. Vous aussi, Haesu. J'envoie mes hommes pour protéger les filles pendant ce temps-là.

— Oui, monsieur.

M. Noh s'éloigne rapidement.

— Eh oh...

Haesu peut entendre la voix de Hyesu.

— Oui.

— On reste comme ça encore longtemps ?

— Comment ça ?

— Ben, connectés comme ça ?

— Ah oui...

À son grand étonnement, il se rend compte qu'il s'est synchronisé avec Hyesu pendant la bagarre. Il quitte l'Esprit de la jeune fille et celle-ci s'élance vers Hyewon.

— Hyewon, réveille-toi. Hyewon !

Hyesu tente de porter secours à son amie mais impossible de la faire revenir à elle.

— Il semblerait qu'elle ait été touchée. Écarte-toi un peu, s'il te plaît.

Haesu s'approche, pose sa main sur le front de la jeune fille pour extraire toute la puissance maléfique de l'*Aknyeong*. Elle ne tarde pas à reprendre quelques couleurs.

— Hyewon, c'est moi, Hyesu.

— Heu... Hyesu ?

Hyewon se relève doucement, hagarde.

— Où sommes-nous ?

— Dans une petite rue, mais tout va bien maintenant.

— Comment es-tu arrivée là ?

Hyewon fronce les sourcils et tente de se remémorer le cours des événements.

— Elle ne se souvient de rien, c'est normal, elle a été possédée par l'*Aknyeong*. Bon, maintenant, il faut bouger de là, dit Haesu.

— Oui, allons chez ma grand-mère.

— Merci, Hyesu, mais je vais rentrer chez moi, lui répond Hyewon.

En époussetant son sac, Hyesu insiste.

— Tu as failli te faire tuer par l'*Aknyeong*. Fais ce que je te dis : allons chez ma grand-mère.

Hyewon ne saisit pas.

— Quoi ? Un *Aknyeong*. Tu délires ou quoi ?

— Tu crois ça ? Comment tu expliques ta présence ici, dans cette ruelle ? Et moi, à ton avis ?

— Je ne sais pas... En fait, j'ai un sacré mal de tête.

— Vérifie ton portable, tiens. Tu m'as appelée juste avant.

— Moi ?

Hyewon consulte la liste de ses appels, l'air dubitative.

— Ah, c'est vrai. Ça alors, je ne m'en souviens pas...

— Normal, l'*Aknyeong* t'a manipulée. Il a menacé de te tuer si je ne venais pas tout de suite.

Hyewon a bien du mal à croire à toute cette histoire. Haesu décide d'employer les grands moyens. Afin qu'elle puisse le voir, il passe sa main devant le visage de Hyewon.

— Bonjour, je suis Haesu, le Passeur.

Hyewon fait quelques pas en arrière.

— Hyesu dit vrai. Tu as été ensorcelée par l'*Aknyeong* et elle est venue te sauver. Nous sommes parvenus à t'extraire de son emprise mais il peut revenir, alors écoute ce qu'elle te dit.

— Oui, monsieur.

La première frayeur passée, Hyewon est comme hypnotisée par Haesu.

— Allons-y maintenant.

Haesu s'apprête à passer devant. Hyesu, elle, reste assise, les yeux fermés. Elle a besoin de faire le vide. Haesu tente alors de se connecter à nouveau à elle. Pas de chance, il est immédiatement projeté à terre.

— Essaie de te détendre.

— Je suis détendue, lui répond Hyesu.

— Alors, pourquoi je ne peux pas me connecter à toi ?

Elle semble bouder dans son coin. Le petit Ange, qui a observé la scène, intervient :

— Excusez-moi, cher Passeur...

— Qu'y a-t-il ?

— Il ne s'agit pas de stress...

— De quoi alors ?

— Fusionner avec l'Esprit d'une *Mudang* se fait le plus naturellement du monde.

— Sauf là ! répond Haesu en désignant Hyesu du menton.

— Vous ne savez peut-être pas y faire...

Le petit Ange a raison. C'est ce qui explique que l'*Aknyeong* a pu s'emparer de Hyesu si facilement. Haesu doit trouver la solution. En attendant, il a soif. Ni une ni deux, Hyesu a elle aussi envie de boire et, dans un même élan, leurs mains se frôlent en attrapant la bouteille d'eau fraîche.

— Passeur, vous êtes avec moi ? demande alors Hyesu d'un air étonné.

— Oui. Comment s'est-on débrouillés ? s'interroge Haesu.

Le petit Ange intervient de nouveau :

— Vous avez tout simplement pensé à la même chose au même moment, et voilà ! Essayez encore. Haesu, concentre-toi sur la bouteille et attrape-la.

Évident. Tellement évident que Haesu éclate de rire. La première fois qu'il s'était synchronisé avec Hyesu, tous deux pensaient bien à la même chose : vaincre l'*Aknyeong*. Et les flammes bleues avaient jailli des mains de Haesu.

Le petit Ange applaudit.

— Je savais que vous alliez y arriver !

— Oui, je crois que ça y est !

Haesu observe Hyesu à côté de lui. En remuant les bras, elle essaie désespérément de faire apparaître les flammes.

— Haesu, pourquoi ça ne marche pas ?

— Tout seul, je n'y arrive pas non plus. En fait, ça ne marche que si nous sommes synchrones.

— Et ces flammes sont très puissantes, n'est-ce pas ? demande Hyesu.

— Elles ont le pouvoir d'anéantir un Ange gardien.

— Tant que ça ?

— Oui. Et c'est grâce à elles que nous allons vaincre l'*Aknyeong* !

— Sauf qu'elles n'ont pas permis de l'anéantir… rétorque le petit Ange.

— Preuve qu'il est extrêmement puissant... Il ne faut donc pas le sous-estimer, dit gravement Haesu.

Puis, se retournant vers Hyewon :

— Et sinon, comment tu vas, toi ?

— Ça ira. Je pense que je pourrai reprendre la classe.

— Tu as bien tes amulettes ?

— Croyez-moi, j'ai retenu la leçon ! Après les cours, je rentrerai sans broncher chez la grand-mère de Hyesu pour rester sous la protection des Anges gardiens.

— Parfait. Dites aussi à vos autres copines d'être très prudentes. Hyesu, on tente une dernière fois ?

— OK !

Le petit Ange n'est pas rassuré de les voir jouer comme ça avec le feu !

— Eh bien moi, si vous permettez, j'aimerais y aller maintenant...

— Très bien, file !

Le petit Ange ne demande pas son reste et disparaît instantanément.

123456789101112131415

Le 30 septembre
Hyesu

En sortant de sa douche, elle lance sa serviette dans le panier à linge. Tout est calme. Sa grand-mère est en province, partie animer une séance de spiritisme. Hyewon n'est pas encore rentrée. Elle s'installe au salon et allume la télé. Son téléphone sonne. C'est sa mère.

— Maman ?

— *Tu as osé me résister la dernière fois...*

Cette voix rugueuse... Elle se lève d'un bond.

— Qu'est-ce que tu as fait à ma mère ?

— *Disons qu'elle est encore en vie, mais plus pour longtemps.*

— Nooooon... ! hurle Hyesu.

— *Si tu veux la sauver, rendez-vous à la station Gaehwa, métro ligne 9. Tu viens seule. Si tu n'es pas là dans une demi-heure, tu ne reverras jamais ta mère.*

L'*Aknyeong* raccroche.

— C'est lui ?

Haesu est déjà là.

— Oui, il a ma mère.

Elle fait les cent pas ; Haesu tente de la calmer.

— Tu n'as pas le choix, tu dois y aller. Mais tous les deux, on va se préparer.

*
* *

Derrière une grosse porte en fer rouillée se trouve un accès menant à une station de métro en construction. Éclairé par une lumière blafarde, l'endroit est jonché de matériaux et de déchets. Hyesu dirige le faisceau de sa lampe droit devant elle et distingue quelqu'un, allongé au pied d'un pilier. Elle s'approche en courant : c'est sa mère.

— Maman !

Un choc brutal l'arrête net. Titubante, elle aperçoit une ombre noire tourbillonnante qui s'empare de sa mère.

— *Je savais bien que tu viendrais avec tes gris-gris !* lui lance sa mère avec la voix de l'*Aknyeong*.

— Laisse ma mère tranquille !

Des amulettes dans les deux mains, Hyesu s'élance vers le monstre.

— *Si tu t'approches, elle meurt !*

Sa mère, la tête renversée en arrière, est à deux doigts de se briser le cou. Hyesu s'immobilise.

— *Très bien. Fais ce que je te dis maintenant. Dépose les amulettes par terre.*

Folle de rage, elle s'exécute.

— *Bien. Maintenant, pose ton sac. N'essaie pas de m'avoir ! Débarrasse-toi de toutes les amulettes, j'ai dit, même de celles qui sont dans tes chaussettes*, hurle l'*Aknyeong*.

À contrecœur, Hyesu obéit.

— *C'est tout ? Pas d'autres ailleurs ?*

— Non, c'est tout !

— *Pose ta lampe et approche doucement.*

Sa mère est là, l'air absente, les yeux révulsés.

— Maman, maman !

— *Silence !*

— Est-ce qu'elle est vivante ?

— *Ne t'inquiète pas. Ta mère te survivra puisque c'est toi que je vais engloutir en premier !*

L'*Aknyeong* se jette sur Hyesu. Par réflexe, elle ferme les yeux et sent une énergie glaciale se répandre tout le long de son corps. Son esprit semble se diluer. Et soudain, prenant le dessus, une vague de chaleur irradie sa poitrine. Lorsqu'elle ouvre à nouveau les yeux, l'ombre noire a disparu. Elle sort alors une petite bouteille d'eau de sa poche et asperge le visage de sa mère. L'*Aknyeong* gronde.

— *Tu as tout de même gardé une amulette. Tu l'auras voulu !*

Hyesu se jette devant sa mère pour la protéger, dévoilant une croix autour de son cou.

— La croix que je porte n'est pas une amulette, mais voyons quel effet elle te fera !

— *Tu m'as encore joué un tour ! Ahhhhh !... mais qu'est-ce que c'est que ça ?*

— De l'eau bénite ! Arrière !

Hyesu jette de nouvelles gouttes sur sa mère.

Dans un hurlement sinistre, le monstre s'abat sur Hyesu qui parvient à l'esquiver en roulant de côté. Son sac à dos est tout près. Elle doit l'attraper. En serrant les dents, elle tente désespérément de se relever mais n'a plus aucune force dans les jambes. Une terrible douleur semble lui avoir brisé le dos. Elle réussit tout de même à faire quelques pas.

— *Tu pensais m'arrêter avec ça ?*

L'ombre noire plane au-dessus d'elle.

— *Je vais d'abord m'occuper de ta mère ! Ce sera ton tour après... Laisse ce sac !* crie l'*Aknyeong* en lui griffant la jambe droite.

La douleur est intense mais elle parvient une fois encore à se relever.

— Sauf que tu ne peux pas m'approcher. Regarde-toi, tu parviens tout juste à atteindre ma jambe.

— *Je vais t'anéantir !*

L'*Aknyeong* se rue à nouveau sur Hyesu. Le collier, avant qu'il ne se brise, joue son rôle un moment en repoussant la créature. Elle perçoit alors la voix de Haesu : « Bien joué, on y va... maintenant ! »

Synchronisés, ils font jaillir les flammes bleues des mains de Hyesu. L'*Aknyeong* recule. Hyesu en profite pour ouvrir son sac à dos d'où sort toute l'armée des Anges gardiens. Amulettes en main, ils prennent place sur le champ de bataille en encerclant l'*Aknyeong*.

Le petit Ange appelle l'équipe de Filature en renfort.

— Allô, Kim Gaetong à l'appareil, rejoignez-nous immédiatement sur le terrain.

L'*Aknyeong* est piégé. Il tente de s'enfouir sous terre mais il est très vite bloqué par les Anges. Dans un dernier élan, il veut prendre son envol pour foncer sur l'armée. Mais il échoue car, cette fois-ci, les membres de la Filature prêtent main-forte aux Anges.

— Beau travail, les Anges ! À nous, maintenant !

Les agents de la Filature enserrent le monstre. Haesu est parmi eux.

— Vous êtes sûr d'y arriver ? demande la jeune fille.

— Je vais essayer, lui répond Haesu.

Il va procéder par la médiation de Hyesu, qui commence à appeler.

— Lee Changmin... Lee Changmin...

Une silhouette floue apparaît, vite rattrapée par le monstre.

— Lee Changmin...

Au troisième appel, l'Esprit réussit à se dégager entièrement.

— Vite, récupérez-le ! ordonne M. Noh.

L'*Aknyeong* est fou de rage de se voir ainsi dérober l'Esprit de Lee Changmin. Pour éviter une nouvelle charge, Hyesu lance encore quelques flammes. Cette fois-ci, le monstre s'effondre à terre.

— Beon Ku-an…

Par l'entremise de Hyesu, Haesu appelle à nouveau. Et voilà qu'il égrène tous les noms de la liste des Esprits retenus par la bête. À chaque âme qui lui échappe, l'*Aknyeong* perd un peu plus de son pouvoir maléfique.

— Il en reste encore ?

— A priori, nous avons identifié toutes les âmes récupérées, monsieur. Le compte est bon.

— Passeur Haesu, félicitations ! À nous de finir ! lance M. Noh.

Haesu sort alors du cercle et se désynchronise de Hyesu.

— Comment ça va, toi ?

— Ça va, ça va… Juste épuisée ! répond Hyesu en esquissant un sourire en coin.

Elle parvient à se lever pour rejoindre sa mère inconsciente. Comme il l'a fait pour Hyewon, Haesu pose sa main sur le front de la femme afin d'extraire toute la puissance diabolique de l'*Aknyeong*. Elle finit par ouvrir les yeux et, encore hagarde, tombe dans les bras de sa fille en tremblant. Des larmes coulent sur les joues de Hyesu.

1234567891011121314**15**

Le 1er octobre
Haesu

Le petit groupe de copines arrive au snack. Elles s'installent, commandent et commencent à bavarder. Des événements surnaturels se sont produits la veille mais personne n'est au courant et la vie poursuit paisiblement son cours.

Hyesu est attablée depuis dix minutes quand…

— Tu tiens vraiment à manger ce truc ?

Le petit barbecue de la table est en train de chauffer.

— Après toutes ces émotions, j'ai besoin de me remonter le moral avec un plat bien relevé.

Hyesu prend une bouchée de *tteok** et ne tarde pas à se ventiler le visage avec ses mains.

— Vas-y doucement !

Hyewon, elle, enfourne quatre bouchées d'un coup jusqu'à se faire monter les larmes aux yeux.

---

* Pâte de riz.

Toutes ont la bouche en feu.

— Ça vous met dans un état !... Et pourtant vous continuez... Je ne comprends pas !

— Je vous ai expliqué : ça permet d'évacuer le stress !

— Au moins, garde les amulettes avec toi.

Lors du combat avec l'*Aknyeong*, Haesu s'est aperçu que les amulettes neutralisent le ressenti des sens de Hyesu.

— Bon, allez, moi j'arrête.

— Pareil.

Trois des filles ont fini de déjeuner. Hyewon, elle, poursuit toujours son repas.

— Vas-y doucement, quand même !

— Oh, allez... avec mon plâtre, j'ai bien droit à ma dose de réconfort...

Elle fait un petit signe pour les faire patienter, le temps de boire un grand verre d'eau.

— Dis, Hyesu, t'es sûre que l'*Aknyeong* a vraiment disparu ? demande soudainement Yuri.

Chacune des filles a déposé son sac chargé d'amulettes sur la seule chaise vide autour de la table. C'est la place de Haesu.

— Oui. Le Passeur et moi l'avons terrassé, répond Hyesu, fière d'elle.

— Mais comment avez-vous fait ? demande Hyewon.

Hyesu interroge alors Haesu du regard. Il hoche la tête en signe d'accord.

— Le Passeur et moi nous sommes synchronisés et, pour tromper l'adversaire, nous sommes partis à l'assaut avec une croix en pendentif et tous les Anges gardiens dans mon sac à dos.

— Et alors ?

Les yeux de Hyewon pétillent.

— Comme prévu, l'*Aknyeong* m'a demandé de me débarrasser de toutes mes protections et m'a attaquée. J'ai alors lancé de l'eau bénite sur ma mère pour la protéger, ce qui a décuplé sa colère. Il allait me tuer lorsque le Passeur est arrivé.

— Heureusement !

— T'aurais dû aussi m'appeler !

— Merci, Hyewon, mais tu n'aurais vraiment rien pu faire...

— Sait-on jamais...

Attendrie, Hyesu sourit à son amie.

— Bon, si vous avez terminé, on y va !

— OK, c'est parti !

Les filles se lèvent et vont payer toutes ensemble à la caisse.

— Nous, on la soutient. Et toi, Hyesu ?

— Je vais aller boire un petit café.

— On te laisse, dans ce cas.

Toutes saluent également Haesu.

— Profite bien de ton rencard ! chuchote malicieusement Hyewon à l'oreille de son amie.

— Oh, tu ne vas pas recommencer !

Hyesu entre dans un café. L'espace est vitré, niché dans un décor de plantes vertes et de fleurs. La musique d'ambiance est douce. Elle commande et s'installe dans un coin ; Haesu est assis en face d'elle. Elle met ses écouteurs et pose son portable sur la table.

— Qu'est-ce que tu fais ?

— Comme ça, les gens pensent que je suis au téléphone.

Elle prend une gorgée de café. Haesu se délecte du délicieux arôme.

— Mmm... C'est quoi comme café, cette fois-ci ?

— Celui à la mode, du *Geisha* du Panama.

— Sa saveur est bien plus profonde que celle des autres.

— Oui, il a obtenu une médaille d'or.

— Merci, Hyesu, ça me fait très plaisir.

— Normal, vous nous avez sauvé la vie, à ma mère et moi ! Et comment va votre ami ?

— Tu veux parler de Mun-kyu ? Il se rétablit tout doucement.

En passant voir son collègue le matin même, Haesu a pu constater que son dos brisé avait été redressé.

— Cela prendra encore quelque temps mais c'est un immortel... Il ne peut que se rétablir. Et puis, la Passeuse Hwa-jung va souvent lui rendre visite... Je crois bien qu'ils sont de nouveau ensemble ! Sinon, en ce qui concerne l'*Aknyeong*, si je l'ai vaincu, c'est aussi grâce à toi. Je n'aurais jamais pu en venir à bout seul. Alors, merci de m'avoir accordé ta confiance.

Ils se regardent longuement.

— Qu'est-ce que tu vas faire maintenant ?

— Je vais suivre les enseignements de ma grand-mère et m'entraîner à la voyance. Et vous ?

— Je vais prendre des vacances ! Et à mon retour, je reprendrai mes activités habituelles. Quelque chose me dit qu'on va se revoir souvent. La *Mudang* a toujours son Ange gardien auprès d'elle et tu ne manqueras pas de faire appel à moi pour tes cérémonies.

— C'est sûr !

— Je te donnerai tous les jours mon planning, comme ça, tu pourras t'organiser en fonction. Pour le moment, savourons ce merveilleux café !

Cette fois-ci, elle garde longtemps sa gorgée en bouche avant de l'avaler.

— Ça aussi, ça me plaît...

Haesu ferme les yeux. Hyesu lui sourit.

Un parfait tête-à-tête en amoureux...

ÉPILOGUE

Une lumière tamisée tremblote faiblement dans le tunnel. À chaque passage du métro, il s'éclaircit d'un coup avant d'être plongé à nouveau dans cette demi-pénombre. De l'eau s'écoule à travers les fissures, les murs suintent d'humidité. Entre les *ploc, ploc* réguliers et intermittents apparaît une ombre à forme humaine. Après avoir erré dans les stations en chantier, elle s'arrête.

— *Une jeune chamane et un Passeur. Très amusant. Ah ah ah !*

Le rire grave et ténébreux résonne à travers les voûtes lugubres.

LES PERSONNAGES

Haesu : Passeur (Ange de la mort, immortel) et Ange gardien de Hyesu.

Hyesu : chamane (*Mudang*) lycéenne, liée à Haesu.

L'*Aknyeong* : le Mauvais Esprit.

Autour de Haesu

Mun-kyu : ami et collègue de Haesu.

Hwa-jung : collègue de Mun-kyu et Haesu.

M. Noh : chef de l'équipe Filature.

M. Jo : l'homme portant des lunettes dorées, chef de l'équipe Investigation.

Autour de Hyesu

Hyewon : une des plus proches camarades de Hyesu, qui s'intéresse beaucoup au chamanisme.

Minju, Yuri, Chaewon : groupe de lycéennes, amies de Hyesu.

PUBLIÉS CHEZ MATIN CALME

2020

Sang chaud de Kim Un-su
Traduit par Kyungran Choi et Lise Charrin

Bonne nuit maman de Seo Mi-ae
Traduit par Kwon Jihyun et Rémi Delmas

Le Portrait de la Traviata de Do Jinki
Traduit par Kyungran Choi et Delphine Bourgoin

Carnets d'enquête d'un Beau Gosse nécromant de Jung Jaehan
Traduit par Han Yumi et Hervé Péjaudier

Le Jour du chien noir de Song Si-woo
Traduit par Lee Hyonhee et Isabelle Ribadeau Dumas

Séoul Copycat de Lee Jong-kwan
Traduit par Koo Moduk et Claude Murcia

Parle-moi de ton crime de Ban Si-yeon
Traduit par Patrick Maurus et Marion Gilbert

2021

Été, quelque part, des cadavres de Park Yeon-seon
Traduit par Lim Yeong-hee et Mathilde Colo

L'Île des chamanes de Kim Jay
Traduit par Choe Ae-young et Jean Bellemin-Noël

Le Placard de Kim Un-su
Traduit par Kyungran Choi et Pierre Bisiou

Insectes de Minhye Zang
Traduit par Kwon Jihyun et Rémi Delmas

jetaime_Riah de Park Seo-lyeon
Traduit par Kyungran Choi et Delphine Bourgoin

Le Procès des otages de Park Eun-woo
Traduit par Son Mihae et Jean-Pierre Zubiate

BTS, au cœur des ARMY de Lee Jeeheng
Traduit par Kyungran Choi et Pierre Bisiou

Point de fuite de Hee-jai Kim
Traduit par Lee Hyonhee et Isabelle Ribadeau Dumas

Le Film volé de You Sun-dong
Traduit par Han Yumi et Hervé Péjaudier

Chut, c'est un secret de Seo Mi-ae
Traduit par Kwon Jihyun et Rémi Delmas

Les 4 Enquêtrices de la supérette Gwangseon de Jeon Gunwoo
Traduit par Kyungran Choi et Bessora

2022

C'est pour mieux te manger de Kim Ji Yeon
Traduit par E. J. Lee et Anne Berthellemy

Mortel motel de Do Jinki
Traduit par Lim Yeong-hee et Mathilde Colo

La Secte des suicidés de Jeong Hai-yeon
Traduit par Han Yumi et Hervé Péjaudier

Plus heureuse que moi, tu meurs de Joo Youngha
Traduit par Koo Moduk et Cécilia Castelli

Traversée de l'été de Jeong You-jeong
Traduit par Kyungran Choi et Bessora

Par une nuit claire de Kim Yi-sak
Traduit par Lee Hyonhee et Isabelle Ribadeau Dumas

Les 30 Meilleures Façons d'assassiner son mari de Seo Mi-ae
Traduit par Kwon Jihyun et Rémi Delmas

Chamane Hyesu et son Ange Haesu de Lim Jeong-yeon
Traduit par E. J. Lee et Anne Berthellemy

Achevé d'imprimer en septembre 2022
par CPI Bussière à Saint-Amand-Montrond (Cher)
pour le compte de Matin Calme éditions.

Dépôt légal : octobre 2022
N° d'édition : 01 – N° d'impression : 2066128

Imprimé en France